한국 남성 패션모델 1호

한국 남성 패션모델 1호

김광수 지음

　김광수 회장은 1960~1970년대 초창기 남성 패션계에 튼튼한 뼈대를 세워놓은 큰 공로자다. 그는 "엉겁결에 모델이 되었고 복장업계에 들어와 당연한 일을 찾아 했을 뿐"이라고 겸손한 말을 하지만, 그의 능력과 올바른 안목으로 한국 남성 패션계를 내다보며 노력한 결과라고 생각한다.

　그는 한국 패션계에서 감히 누구도 생각지 못한 최초의 남성 모델 클럽 창단, 남성 패션 잡지 창간, 패션쇼 기획 연출 등 괄목할 만한 사업을 이끌어오면서 숱한 어려움과 손해를 감수한 분이다. 또한 국내 대 규모 연극이나 뮤지컬 등의 무대의상, 지면 광고모델과 CF 모델 등 다양한 분야에 참여했고, 1986년 아시안게임과 1988년 서울올림픽 때 유니폼 제작을 담당하여 국가에 큰 공을 세우기도 한 분이다.

　더구나 칠순의 나이에 장문의 글을 써 2009 〈조선일보 논픽션 대상〉 우수상을 수상한 것은 개인의 영광일 뿐 아니라 한국 복장업계의 큰 경사가 아닐 수 없다. 하마터면 묻히고 말았을 한국 패션 여명기의 전말을 독자들과 함께 소상히 음미해볼 수 있어서 기쁘다. 멋을 알고 예를 알고 효를 아는 김광수 회장의 진면목이 고스란히 드러나는 역저다.

―공석붕(한국패션협회 명예회장)

　본 협회 김광수 자문위원의 『한국 남성 패션모델 1호』의 출간을 전국 양복인과 함께 진심으로 축하드립니다. 이 책은 우리 양복업계의 자랑일 뿐만 아니라 패션업계 종사자들에게 큰 귀감이 될 것이라 확신합니다. 다시 한 번 출간을 축하드리며 김광수 자문위원의 패션업계 사랑에 큰 박수를 보냅니다.

—장병석(한국남성패션문화협회 회장)

남성 패션모델이 전무한 시절에 혜성처럼 나타나 새로운 길을 개척한 저자의 모습은 놀라울 뿐이다. 이 책은 패션의 세계화가 절실한 이때 한국 패션계의 여명기를 조명해줄 뿐만 아니라 미지의 영역을 개척해 나가는 젊은 열정이야말로 패션의 본질임을 절감하게 한다.

—강지원(변호사)

1960~1970년대만 해도 남성 패션계는 열악했고 모델이란 개념도 없었을 때였습니다. 형은 대학을 나오자마자 용감하게 양복업계에 들어왔습니다. 누군가는 해야 할 일이라면서 모델이 되었고, 이 모델이라는 직업이 머지않아 인정받을 때가 온다면서 제게 권했던 분입니다. 형은 편한 길 대신 늘 어렵지만 새로운 길을 개척해나간 분입니다. 이번에는 글 솜씨로 저희들을 놀라게 했습니다. 지나간 시대를 돌아보며 남성 모델의 태동, 월간지 창간, 패션계 이면사를 이처럼 정리했다는 것이 놀랍고 존경스럽습니다.

—도신우(모델센터 인터내셔널 회장)

김광수 선생이 2009 〈조선일보 논픽션 대상〉의 우수상 수상자로 선정된 것을 진심으로 축하한다. 남성 패션의 초창기를 열어간 김 선생의 성심과 노력의 결정체라고 믿어 더욱 값지게 생각한다.

—허준(패션평론가)

한국 1세대 남성 패션모델을 위하여

김 동 수 | 동덕여자대학교 모델과 교수

　국내 최초의 패션쇼는 여성복 패션쇼로서, 1956년 10월에 디자이너 노라노의 패션쇼가 당시 최고의 건물이었던 반도 호텔(현재의 롯데 호텔) 다이너스티 룸에서 열렸다. 이 당시 무대에 섰던 모델은 배우, 가수, 무용수 같은 연예인과 일반 고객이었다. 모델이란 개념이 없었기 때문에 그들이 모델의 역할을 대신한 셈이다. 노라노의 패션쇼가 최초의 패션쇼로 공식화되어 있지만, 1956년 5월 26~27일 양일간에 걸쳐 동화 백화점(현재의 신세계 백화점)에서 개최된 서라벌양재전문학원의 '커스툼 쇼(costume show)'가 있었다(서울신문, 1956년 5월 30일).

　남성 모델의 출현은 양복점에서 시작된다. 당시 양복 한 벌 가격이 1만 5000원(당시 대기업 초봉이 약 3만 원) 할 때였으므로 양복을 맞춰 입을 형편이 되는 사람이 많지 않았다. 양복점의 고객은 정치인, 문화인, 재벌 같은 유명 인사들이었다. 양복은 소수의 엘리트 집단만이 즐길 수 있는 특권 중에 하나였던 것이다. 당시 양복점에는 직접 입고 판매 촉진 역할을 하는 직원이 있었다. 그들은 월급을 받으며 고객에게 보여주기 위하여 옷을 직접 입었고, 고객들에게 옷을 잘 입는 방법을 소개해주는 일을 했다. 신장이 175~180cm정도로 크고, 준수한 외모의 소유자들인 이들은 모델 겸 샵마스터(shop master) 역할을 동시에 했던 것이다. 이들이 우리나라 남성 모델의 시초이며 패션쇼 무대에 오른 1세대 패션모델이다.

국내 최초의 전문 모델이 등장한 남성복 패션쇼는 1969년 10월에 시민회관(현재의 세종문화회관)에서 열린 '제3회 아시아주문 양복연맹총회'의 패션쇼다. 아시아 지역의 총 9개국에서 참가한 이 패션쇼는 각 나라를 대표하는 양복점의 작품을 선보이는 대회였다.

1960년에 대한복장연구회 주관으로 YWCA에서의 신사복 패션쇼가 열렸고, 1966년 반도 호텔에서 아시아 지역에서는 최초로 '남자 옷 국제 패션쇼'가 열렸다는 기록이 있으나 참고 자료가 부족하여 확인할 수 없다. 또 1969년에 디자이너 박 테일러(박치우) 외에 몇 명이 모여서 지금의 컬렉션처럼 했지만 소규모에 지나지 않았다.

그러니 우리나라에 본격적으로 남성 모델이 선을 보이게 된 시점은 1969년 '제3회 아시아주문양복연맹총회'의 패션쇼를 전후한 때라 할 수 있다. 이때 아시아 각국의 신사복 업자 대표와 모델들이 대거 참석하면서 개최국인 우리나라에서도 남성 모델에 대한 인식이 새롭게 생겨났다.

1970년 9월 대한복장기술협회는 건설회관에서 '스타일 한국 디벨롭 라인'을 제정했는데, 이때 패션쇼를 김광수가 직접 연출했다. 또한 대한복장학원의 서상국 원장과 함께 패션쇼 해설을 했다. 모델은 왕실 모델 클럽 회원을 포함하여 약 15명이었고, 소수의 여성 모델이 서브 모델로 출연하였다. 이 '스타일 한국' 패션쇼는 해마다 계속되어 1973년 이후에는 '디벨롭 라인', '청자선'이란 이름으로 함께 쓰이다가 '청자선'으로 통일되었다. '청자선'은 '한국 남성 패션 컬렉션 및 베스트 드레서 시상식'이라는 이름으로 지금까지 이어져 오고 있다.

이처럼 패션쇼가 등장하자마자 다양한 패션쇼가 나타났던 것은 양복업계의 특성 때문이다. 당시엔 사람들이 직접 원단을 구입해서 양복점으로 가져가 양복을 맞춰 입는 경우가 많았다. 이런 상황을 복지회사는 마케팅 수단으로 활용했는데, 양복점에 직물(원단)을 후원하고 후원한 양복점을 모아 패션쇼를 지원했기 때문에 패션쇼가 더욱 활성화된 계기가 되었다.

1969년 11월 1일 김광수, 김사성, 김현동, 도신우, 오상규, 이

성호, 이종재 총 7명의 남성 모델이 모인 왕실 모델 클럽은 김광수 회장을 중심으로 본격적인 모델 활동을 시작했다. 왕실 모델 클럽은 회원 자격이 학사 졸업 이상일 정도로 위상에 많은 비중을 두었고, 현재의 모델 에이전시와 같은 역할을 한 것으로 보아 우리나라 최초의 에이전시라 할 수 있다.

김광수는 성균관대 경제학부를 졸업하고 모델의 길에 들어섰고, 김사성은 TBC TV 카메라맨 출신, 김현동은 현재 성공회 교회 성직자로서 당시 디자이너에서 모델로 직업을 바꾼 경우다. 도신우는 극단에서 연극을 하던 당시에 김광수의 제안을 받아 왕실 모델 클럽의 회원이 되면서 모델 활동을 시작하게 되었다. 이성호는 한양대 연극영화과 학생으로 클럽의 최연소자였으며 1969년에 15인의 감독이 뽑은 신인 중 한 사람이었다.

그 당시는 모델이라는 단어가 생소한 시기였고, 남성이 멋을 내는 것을 인색하게 받아들이던 때라 남성 모델들에 대한 사회 전반적인 인식이 부정적이었다. 이 때문에 당시 활동하던 남성 패션모델들은 주위의 곱지 않은 시선을 받고 이방인 취급을 당했다.

이러한 사회적 상황에서 직업으로 모델을 선택한다는 것은 가히 획기적인 일이 아닐 수 없었다. 1973년 왕실 모델 클럽의 회원들은 14명의 새로운 남녀 모델들과 함께 총 회원 24명의 '코리아 모델 클럽'을 결성했다.

이때 김광수는 코리아 모델 클럽의 회장을 맡아 그들의 사진을 한 페이지에 담아 업체들에게 보냈다. 그것은 현재 에이전시에서 사용하는 모델들의 포트폴리오의 시초라 할 수 있다.

그는 더 나아가 막연히 다른 업체에서 주는 일만 기다리기보다는 좀 더 적극적인 홍보 및 광고 효과의 필요성을 절실히 느껴 1973년 9월에 월간 『복장계』를 창간했다. 『복장계』는 그 시대를 대표하는 남성 잡지로서 남성의 패션과 문화를 담당하는 오늘날의 『GQ』나 『에스콰이어』 같은 남성 패션 잡지의 역할을 했다.

당시 국내 패션쇼는 무대나 연출 등이 세분화되지 않았고, 현재처럼 기획, 연출, 음악, 무대, 조명, 스타일리스트 등의 체계적인 구조가 존재하지 않았기 때문에 모델들이 다양한 역할을 스스로 소화했다. 양복점 주인이 코디네이터의 역할을 했으며, 모델이 직접 메이크업을 했다. 패션쇼를 할 장소가 없어서 반도 호텔 꼭대기나 유네스코회관 경양식 집, 건설회관 등에서 했다. 무대라는 개념이 없어서 책상 위에 판을 대고 천을 씌워서 했는데, 모델이 움직일 때 천이 움직여서 다들 당황하기도 했다.

또한 체계적인 교육 기관이 전무한 상태였으므로 특별한 교육 없이 무대에 설 수 있었으며 현재보다 짧은 신인 단계를 거쳐 활발한 활동이 가능한 시기였다. 여성 모델에 비해 남성 모델의 패션쇼는 1년에 열 개도 안 되었기에 패션쇼만으로는 생활하기 어려웠다. 그러니 『복장계』, 『선데이 서울』, 『의상』, 『멋』 등의 잡지나 의류, 직물 광고를 중심으로 활동할 수밖에 없었다. 모델의 수가 많지 않아 지금과 같이 CF 모델, 패션쇼 모델, 잡지 모델 등의 구분이 없었고, 모든 분야의 활동이 가능하여 활발히 활동을 했던 모델은 대부분 고소득자들이었다. 그 당시 일반 직장인들이 받았던 월급은 3만원 정도인데, 패션모델이 잡지 촬영을 하거나 패션쇼 무대에 오르면 3~5만 원의 모델료를 받았다.

이후 이재연, 도신우, 김석기 같은 1세대 모델들은 점차 일이 많아지고 모델의 수요가 늘어남에 따라 모델이 직업화되고 더욱 체계적으로 활성화되기를 바라는 마음에서 자신들의 경험을 살려 모델 에이전시를 만들었다. 이들인 만든 모델라인, 모델센터, 알파연예 같은 교육 기관과 모델 에이전시를 통해 2세대 모델이 등장했다.

김광수는 이들의 뒤에서 최초의 에이전시인 왕실 모델 클럽 그리고 코리아 모델 클럽을 창단했으며, 초대 회장을 거쳐 최초의 포트폴리오 제작, 『복장계』 출판 등을 통해 모델계의 초석을 마련한 숨은 공로자다. 오늘날 패션모델 출신으로서 다양한 분야에서 리더십을 발휘하고 있는 안기성, 안도일, 양의식, 이석, 이종원, 임주완, 정회남, 차승원, 황인성 등의 2세대 모델들이 체계적인 모델계에서 활동하며 대중에게 쉽게 다가갈 수 있었던 것은 사회적 편견에 맞서 모델의 직업화를 선도한 이러한 1세대 모델들의 노력과 다양한 역할에서 비롯된 것이다.

차례

초대의 말　6

01　｜　명동 거리　15
　　　1969년 10월 서울 명동은 꽃피는 봄날처럼 향기롭고 눈부셨다

02　｜　남성 패션모델 클럽 왕실　35
　　　모델이란 직업으로 먹고살기는 어렵겠지만 머지않아 좋은 날이 올 겁니다

03　｜　이용화양복점　47
　　　많은 양복점들이 현금을 긁어모았고 내게는 명동의 양복점 사장이 어느
　　　은행장 부럽지 않아 보였다

04　｜　한국 양복업계　63
　　　분명 원단 제조사의 잘못인데도 모든 책임을 양복점이 고스란히 져야만
　　　했다. 그게 당시의 관례였다

05　｜　초년고생　95
　　　이 무렵 나의 단골집은 삼각동 수제비 집이었다. 50환짜리 수제비 한 끼
　　　로 하루를 버텼고 그렇게 한 달을 보냈다

06　｜　양복점 개업　111
　　　찰스 김 테일러를 기반으로 하여 5년 후인 1975년까지 자수성가하겠다
　　　는 각오로 전화번호도 1975번으로 정했다

07　｜　찰스 김 테일러　125
　　　당시 양복 한 벌 가격은 2만 원 내외로 웬만한 회사원 한 달 봉급에 맞
　　　먹는 적잖은 금액이었다

08　｜　새마을운동　143
　　　〈새마을 노래〉가 온 나라에 울려 퍼지던 이때, 섬유업계의 호황은 복장
　　　계에도 새로운 활력을 불어넣었다

09 | 『복장계』 157

대부분의 수입을 숨 돌릴 틈 없이 『복장계』 만드는 일에 쏟아 부었다. 그야말로 밑 빠진 독에 물 붓는다는 게 어떤 건지 실감이 갔다

10 | 검열 177

당장 배포된 잡지들을 몽땅 거둬들이라는 청천벽력 같은 통보였다. 이미 1000여 권 이상이 시중 양복점과 업체 등에 풀려 나간 상태였다

11 | 자금난 197

사채를 끌어다가 원단을 사서 6개월 할부로 맞춤 양복을 팔고 할부 대금을 깔아놓은 상태라서 현금은 늘 모자랐다

12 | 시대의 악몽 207

세상이란 게 나 혼자만 떳떳하다고 내 편을 들어주는 게 아니라는 것도 당시에는 몰랐다

13 | 구치소 생활 217

6개월 만에 구치소를 나와보니 모든 것이 달라져 있었다. 더 이상 내가 살던 세상은 없었다

14 | 무대의상 제작 229

이 나라 연극사 이래 가장 큰 극장, 가장 큰 무대에서 가장 많은 물량과 인원의 투입으로 만들어진 엄청난 모험이 심판대에 올랐다

15 | 마지막 대형 무대 243

마치 등대 없는 암흑 속 항해처럼 느껴지던 첫 공연이 성황리에 끝났다

저자의 말 255
자료 258

01

명동 거리

1969년 10월 서울 명동은 꽃피는 봄날처럼 향기롭고 눈부셨다

1969-명동
패션의 거리

1969-명동 패션의 거리

가을빛이 완연한 명동은 꽃피는 봄날처럼 향기롭고 눈부셨다. 하이힐을 신은 늘씬한 미녀들이 미니스커트 차림으로 거리를 활보했다. 그녀들은 젊음의 특권을 누리며 그야말로 보무도 당당하게 명동 거리를 누볐다. 남자들은 물론 올드패션 차림의 여자들도 이 멋진 패셔니스타들에게 매혹된 시선을 거두지 못했다. 그 시선들은 하나같이 따뜻하기만 하다. 계절은 바야흐로 가을이고 공기는 쌀쌀해져도 사람들의 안색은 여전히 봄빛이다. 그랬다. 패션은 계절도 뒤바꿔놓는다.

불과 2년 전, 가수 윤복희가 당했던 봉변은 까마득한 고려 적 해프닝이 돼버렸다. 정말 믿기지 않는 일이었다. 윤복희가 이 거리에서 대범하게 미니스커트를 처음 선보였을 때, 시민들은 손가락질을 해댔고 달걀세례까지 퍼부었었다. 한마디로 충격적인 사건이었던 것이다. 그녀가 저지른 몰지각한 행위는 미풍양속을 어지럽혀서 세상을 놀라게 만드는 해속(駭俗) 행위였다. 사회적 동물인 인간이 자기 하고 싶다고 맘대로 해버리면 관습법에 저촉된다. 마땅히 지탄을 받고 욕을 먹는다. 그날 세상 사람들의 냉대와 거부감으로 볼 때, 미니스커트는 더 이상 이 거리에 발붙이지 못할 것만 같았다.

그런데 그게 아니었다. 윤복희의 미니스커트는 삽시에 전국으로 번져갔고 금세 유행이 돼버렸다. 정말 바람처럼 빠른 풍속도였다. 이제 명동 거리 어디에서나 미니스커트와 하이힐을 신은 도도한 표정의 여자들을 만날 수 있었다. 의자에 앉을 때도 계단을 오르내릴 때도 불편하기 짝이 없는 옷차림이었지만 명동을 누비는 패셔니스타에게는 필수 복장이었다.

여성의 스커트 길이가 이처럼 대범하게 짧아진 건 혁명적인 일이었다. 아직도 일부 회교국가의 여자들이 얼굴과 온몸을 천으로 가리고 사는 걸 감안해보라. 명동 거리 미니스커트의 등장은 단순한 의복 형태의 변화라기보다 우리 전통 사회에 대한 사고의 대변혁을 의미했다. 불과 10여 년 전만 해도 〈운명의 손〉(한형모 감독, 1954년)에서 여배우 윤인자가 5초간의 짧은 입맞춤을 했다고 그녀의 남편이 감독을 고소했던 사회 풍조였다. 그런데 이제는 말만 한 처녀들이 아슬아슬하게 허벅지를 드러내놓고 거리를 활보하는 세상이 와버렸다. 한둘도 아니고 너나없이 앞 다퉈 입는 유행이 돼버렸으니 욕하는 편이 되레 이상하다. 의복의 혁명적 변화는 성 문화 개방과 여성의 사회 진출을 불러왔다. 신분을 표하고 추위와 더위를 막던 복장은 이제 시대정신과 개성을 표현하는 보편적인 수단으로 변모했다. 패션은 계절뿐 아니라 사람들의 생활 패턴과 의식까지도 바꿔놓았다. 그 무렵 사회학자들은 여성의 스커트 길이와 경기 지표의 상관성을 찾기 시작했다.

한편 명동극장 근처에서는 중절모에 지팡이를 든 중년 신사들이 양복을 쫙 빼입고 공원을 배회한다. 포마드를 발라 가지런히 빗어 넘긴 올백 머리에 바바리코트 깃을 빳빳이 올려 세우고 지팡이를 톡톡 두들기며 내딛는다. 그들의 리드미컬한 발걸음에선 삶의 분주함과 각박함 같은 건 전혀 찾아볼 수 없다. 산책 나온 한량들처럼 마냥 여유롭고 품격 넘친다. 그렇다. 이들은 특별한 업무가 있어 이곳에 모여드는 게 아니었다. 그냥 이렇게 명동 거리를 폼 나게 걷는다는 것, 그것이 바로 이 시대를 살아가는 그들의 이벤트고 볼일이었다.

이 멋진 이벤트의 피날레는 해 질 녘에야 거행된다. 도시에 두꺼운 어둠이 내려앉으면 그들의 발걸음은 약속이나 한 듯이 하나둘 명동공원 뒷길 대폿집으로 향한다. 한쪽 구석에 자리 잡고 앉아 따끈한 술 한 잔을 주문한다. 어묵 한 그릇이 딸려 나오고 그들은 우아하게 잔을 기울인다. 한 잔이 두 잔이 되고 세 잔이 된다. 늘어나는 빈 잔들은 그들의 남루하고 고달팠던 시절을 위로하고 더 나은 내일로 걸어갈 용기를 북돋아준다.

  말쑥한 신사 숙녀들이 패션을 뽐내며 하릴없이 거닐던 곳, 명동은 그런 곳이었다. 일터도 아니었고 약속 장소도 아니었건만 짬 나면 들러서 자신을 표현하는 해방구 같은 거리였다. 1960~1970년대의 명동은 멋을 알고 맛을 알고 삶을 음미하고 향유하는 사람들이 찾는 패션 일번가였다. 더불어 경향의 낭만주의자들을 품어 안는 요람이자 자유로운 영혼들의 광장이었다.

명동 이용화양복점

  바로 이곳 패션 일번가 한복판에 자리 잡은 그 유명한 이용화양복점에서 내 젊은 날의 패션 인생 첫 페이지가 열렸다. 명동공원 앞에 위치한 당대 최고의 양복점은 아침부터 붐볐다. 1층에서는 이용화 사장이 단골손님들과 열성적으로 상담하는 중이었다. 그 뒤쪽에서는 재단사 이기봉*선생이 하얀 소포지 위에 숙련된 손놀림으로 옷본을 그리고 있었다. 나는 이 양복점에서 2년 전부터 영업사원 겸 지배인으로 일하고 있었다. 추동복 성수기를 맞아 일거리가 밀려들었다. 이용화 사장을 포함한 전 직원 일곱 명

---

* 이기봉(1927~2006), 40년 경력의 재단사로 대한복장기술협회 이사, 국가기능검정 심사위원, 삼도물산 기술부장, 이기봉복장연구소 대표 등을 역임했다.

이 아침부터 밤늦도록 눈코 뜰 새 없이 바빴다. 하지만 1969년 10월 17일, 이날만큼은 사장의 허락을 받고 2층 VIP룸(상담실)에 홀로 앉아 특별한 순간을 기다리고 있었다. 바로 국내 최초의 남성 패션모델 클럽 '왕실'의 탄생을 목전에 두고 있었던 것이다.

명동의 넘실대는 인파 속에서 맵시 있게 양복을 빼입은 청년들이 하나둘 이용화양복점 문을 열고 들어섰다. 훤칠한 키에 수려한 외모가 눈부셨다. 말끔한 신사들은 이용화 사장에게 인사를 올린다.

"2층으로 올라가시게들."

이용화 사장은 상담을 하는 와중에도 흡족한 표정으로 청년들을 안내했다.

드디어 2층에 일곱 명의 미남이 다 모였다. 하나같이 영화배우처럼 멋진 청년들이었다. TBC TV 카메라맨 김사성, 이용화양복점 충무로 지점 직원(영업사원)으로 있는 김현동, 구구양복점을 운영하는 이종재, 옆집 모드양복점(이용화 선생의 조카가 운영)에서 일하는 오상규, 연극영화학과에 재학 중인 이성호, 연극인 도신우 그리고 나 김광수, 이렇게 일곱 명의 면면에는 달뜬 기색이 완연했다. 뜻을 같이했던 이순신과 홍근삼 두 사람은 부득이한 사정으로 참석하지 못했다.

우리는 차를 마시며 누구 할 것 없이 지난달 12일 시민회관에서 있었던 국제 행사에 관한 화제로 이야기꽃을 피웠다.

1969-국내 최초 국제 남성복 패션쇼

1969년 9월 12일 오후 7시, 광화문 시민회관(현 세종문화회관)에서 '제3차 아시아 신사복 패션쇼'가 열렸다. 1965년 10월 13일 아시아주문양복연맹 주최로 일본 도쿄에서 시작된 이 국제 행사는 1967년 9월 15일 일본 나고야를 거쳐 이번 3차 대회는 한국이 주최국이었다. 한국을 포함한 일본, 타이완, 베트남, 인도, 태국, 싱가포르, 말레이시아, 홍콩에서 온 아시아 9개국 양복업자 70여 명과 모델 30여 명 등 총 100여 명의 관계자들이 참석했다. 국내 최초의 남성복 패션쇼, 그것도 국제적인 행사가 열리는 시민회관 대강당은 몰려든 시민들로 초만원이었다. 같은 날 워커힐 호텔 코스모스 홀에서는 '제3차 아시아주문양복연맹총회'가 열리고 있었지만 사람들의 이목은 저녁 7시에 열릴 복장계의 빅 이벤트 '아시아 신사복 패션쇼'에 집중돼 있었다.

5000여 명을 수용하는 시민회관 대강당은 쇼가 열리기 한참 전부터 일반 시민들로 가득 차 있었다. 당시로서는 한 장소에 5000여 명이 모인다는 것은 좀처럼 상상하기 어려운 일이었다. 그만큼 아시아 신사복 패션쇼는 진기한 볼거리였고 서울 장안의 큰 화젯거리였다. 때마침 우리나라가 국제기능올림픽 양복 부문에서 1967년부터 1969년까지 3년 연속 금메달을 획득한 터라 사람들은 이번 국제 행사에 더 각별히 주목했다. 한국 복장계는 짧은 연륜과 열악한 여건 속에서도 눈부신 발전을 했고, 이는 한국인 특유의 섬세한 손재주와 미적 감각 덕분이었다. 이번 국제 행사는 정부의 수출 드라이브 정책에 힘입은 한국 양복업자들의 조직된 힘과 자긍심을 만방에 과시하며 해외로 진출할 수 있는 절호의 기회였다. 이 모든 것은 대한복장상공조합연합회(이하 복련으로 약칭) 회장과 서울시 지회장을 겸임한 이용수 회장의 적극적인 노력이 맺은 결실이었다.

이용수와 이순신

이용수 회장은 일찍이 일본인이 경영하는 양복점에서 기술과 경영을 배워 광복 후 다방면으로 두각을 나타냈다. 아들인 이순신은 서울 상대를 졸업하고 부친이 경영하는 소공동 '해창양복점'을 경영하였으며, 대한복장기술협회와 한국복장기술경영협회 회장 그리고 세계주문양복연맹의 회장을 지냈다. 이렇듯 2대에 걸쳐 복장계에 큰 업적을 남기고 국제 무대에서 한국의 위상을 높이는 데 크게 기여했다.

'제3회 아시아 신사복 패션쇼'의 한국 측 모델은 이순신, 오상규, 홍근삼 그리고 나, 이렇게 네 명이었다. 1년 전 이스라엘 텔아비브야파에서 열린 제13차 세계주문양복연맹총회(1968년 8월 21일)에 참가한 모델 정부방에 대해서는 자료가 없었으며, 그는 이번 쇼에 참가하지도 않았다. 그는 2년 뒤인 1970년 스페인

마드리드에서 열린 제14차 총회에 참가하면서 영구 귀국하지 않았다. 그 기회를 이용해 외국에 눌러앉아 버린 것이다. 그가 출연했던 작품 사진이 한 장 남아 있을 뿐이다. 이렇듯 당시 모델이라는 직업은 그 개념조차 없었고, 오히려 특수한 상황을 이용해 좀 더 나은 다른 직업을 선택하는 경우가 대부분이었다.

1965년 최초 남성복 패션쇼

남성복 패션쇼로는 1965년 4월 10일 반도 호텔 다이너스티 룸에서 박치우 선생이 연예인 김동원, 김수일, 최명수 등을 무대에 세워 소규모의 신사복 쇼로 개최한 것이 처음이었다.

1966년에 대한복장상공조합연합회 주관으로 '제1회 전국 신사복 경연대회'가 반도 호텔에서 처음 개최된 이래 '전국 신사복 기술 콩쿠르 대회'라는 명칭으로 바뀌어 매년 개최되었다. 이 전시회는 양복 상의를 마네킹에다 입혀놓고 그들 가운데 우수 작품을 뽑고 전시하는 형태였다. 당시는 그게 관행이었다.

우리나라의 패션쇼 관행은 이때까지도 마네킹에다 옷을 입히는 원시적 형태를 벗어나지 못하고 있었다. 다른 행사들도 대부분 런웨이를 활용하는 동(動)적인 패션쇼가 아니라 마네킹을 한 자리에 진열해놓고 감상하는 정(靜)적인 전시회뿐이었다. 그 때문에 이번 대회처럼 런웨이 무대에서 펼쳐지는 국제적인 행사는 나와 같은 복장계 종사자나 일반인에게나 똑같이 생소하지만 뜻 깊은 자리였다.

당시 한국 복장계 실태는 열악하기 짝이 없었다. 우선 관련 출판물조차 전무한 상태였다. 패션에 관심이 있는 사람들은 선진국에서 유행하는 의상이나 국제 대회에 출품한 양복을 종류별로 도식화한 책을 단체로 구입해서 참고로 활용했다. 출판 유통업도 열악하기는 마찬가지여서 유행 책자를 주문하면 한두 달이 지나야 책을 받아볼 수 있었다. 재단사나 디자이너 양성도 지금처럼 대학이 아니라 학원을 통해 외국 및 국내 유명 재단사의 강습회에 참관하거나 개인 업소 사사를 통해 이뤄졌다. 지금 전 국민이 다 알 만큼 유명한 디자이너 앙드레 김도 국제복장학원 수강이 배움의 전부다. 믿기지 않겠지만 그것이 일반적이었다. 앙드레 김은 관인 국제복장학원 1기생으로 워낙 초창기부터 뛰어난 재능을 보여 당시 최경자 원장도 매우 아끼는 제자였다. 열악한 환경을 극복하고 한국을 알리는 세계적인 디자이너가 되기까지 그가 흘린 땀과 열정에 아낌없는 박수를 보낸다. 그의 노력과 영광이 곧 한국 복장계가 지나온 고된 역사이자 희망찬 미래인 것이다.

한국보다 일찍 서구 문물을 받아들인 일본은 복장계에도 훨씬 앞서 있었다. 다른 나라에서는 고작 한두 명의 모델이 참가하고, 그것도 대부분 업주 아니면 재단사가 직접 옷을 입고 무대에 오른 반면, 일본은 세 명의 전문 패션모델이 참가했던 것이다.

패션쇼 전날, 나는 워커힐 호텔의 행사장에 갔다가 일본 모델들을 소개받았다. 후지, 마루야마, 다기다가와 세 사람이었다. 175cm를 전후한 키에 출중한 외모를 가진 미남들로, 언젠가 책자를 통해 익힌 얼굴이라 더욱 반가웠다. 그런데 마루야마는 발목을 삐었다며 퉁퉁 부은 발에 붕대를 감고 목발을 짚고 다녔다. 내일이 패션쇼인데 왜 저런 몸으로 참석했는지 알 수가 없었다. 하지만 그는 패션모델 팀의 일원이었고 모델 명단에도 이름이 올라 있었다. 알다가도 모를 일이었다.

나는 이미 국내에서 여러 차례 모델로 활동한 적이 있었다. 그런데도 국제적인 패션쇼 무대에 서는 것은 처음이어선지 마음이 설레었다. 궁벽한 시골 출신 경제학도가 드디어 당당한 모델이 되어 큰 무대에 선다. 쇼 전날 밤이 이슥토록 잠을 못 이루다 조금 부은 얼굴로 다음 날 아침 일찍 행사장에 도착했다.

오후가 되니 초청받은 아시아의 주문 양복 업자와 디자이너, 모델들이 속속 행사장 안으로 모여들었다. 처음으로 치르는 이 국제 행사는 여러 가지로 미비한 점이 많았다. 행사 전 여러 차례의 리허설을 거치는 지금과는 달리 패션쇼 전문가가 존재하지 않았던 당시에는 행사 당일 한두 번의 리허설로 만족해야 했다. 무대 매너나 워킹을 배울 별도의 시간과 기회도 없었다. 국제복장학원 출신 여성 모델에게서 전해 들은 무대 매너와 약간의 워킹 연습이 전부였다. 그야말로 번갯불에 콩 구워 먹듯 때가 되면 스스로 알아서 출격하는 사수였던 것이다.

리허설을 위해 무대 뒤에 준비된 탈의실에 들어섰다. 분장실 겸 탈의실(드레스 룸)은 많은 사람들로 북적였다. 마이크 테스트와 음악 소리에 묻힌 무대 뒤의 분주함은 지금의 그것과 별반 다를 바가 없었다. 하지만 별도의 훈련받은 진행 요원들이 없었기에 초청받은 양복점 직원이 자기 양복점 의상을 입는 남자 모델에게 의상과 소품을 준비해줄 뿐만 아니라 직접 메이크업도 해준다. 그야말로 1인 다역의 행사 진행 요원이었다. 물론 요즘처럼 쇼를 위한 전문 메이크업이 아닌 파운데이션이나 슬쩍 찍어 바르는 수준이었다. 헤어도 마찬가지였다. 모델 스스로 빗어 넘긴 머리, 그것이 전부였다.

그나마 여자 모델들은 여건이 조금 나은 편이었다. 행사 전 미용실에 들러 얼굴과 머리 매무새를 고치고 패션쇼장에 등장할 수 있었다. 당시 여자 모델의 극소수는 국제복장학원이나 노라노복장학원 등에서 최소한의 모델 교육을 받은 이들이었다. 하지만 이들 역시 이러한 무대에 합당한 보수를 받지 못했다. 평상복이 아닌 이벤트복의 경우 말 그대로 '노 개런티'로 참가하는 게 관례였다.

일본인 모델들의 프로 근성

어제 소개받은 일본인 모델들이 벌써 와 있었다. 말은 통하지

1969년 3차 아시아 남성복 패션쇼. 일본인 모델(왼쪽)과 김광수

않았지만 반갑게 눈인사를 나눴다. 그들은 첫 무대의상인 펜싱 스포츠웨어로 갈아입은 내 옷맵시를 감탄하며 칭찬을 아끼지 않았다. 나는 그들의 옷차림을 유심히 살펴보았다. 편안한 어깨선, 약간 들어간 허리와 엉덩이선 그리고 길게 뻗은 다리선과 바지 길이가 우리를 포함한 여느 다른 국가대표들과는 많이 달랐다. 출품한 양복들 대부분이 콘티넨털 스타일*로 몸에 꼭 맞고 바지 길이가 짧아서 껑충해보였던 우리와 달리, 일본은 바지가 구두를

---

* continental style. 유럽식 의복이나 스타일. 보통 상의 길이는 짧고 어깨는 약간 넓은 드롭트 숄더이며 가슴에 볼륨을 넣어 품이 넉넉하다. 깃은 가늘고 길며 라펠의 갈라진 부분의 각도가 크다. 미국의 아이비 스타일(ivy style)과 대비해서 쓰인다.

덮을 정도로 길고 전체적으로 넉넉해 보이는 스타일이었다.

어제 목발을 짚고 있던 마루야마도 어느새 무대의상으로 갈아입고 한쪽 구석 의자에 걸터앉아 있었다. 그는 여전히 목발 하나를 손에 쥐고 무언가에 몰두하고 있었다. 목 높은 구두 한 짝을 만지작거리던 그가 커다란 칼을 꺼내 갑자기 구두를 찢기 시작했다.

'왜 저러지?'

말이 통하지 않으니 물을 수도 없고 나와 동료들은 물끄러미 쳐다보기만 했다. 붕대 푼 발을 보니 부기는 좀 빠진 듯하지만 그래도 무대에 서는 건 무리로 보였다. 그런데 그는 그 발을 방금 찢은 구두 안에 밀어 넣는 게 아닌가. 그러고는 목발을 짚지 않고 일어섰다. 기다란 바지가 구두를 덮었고, 겉으로 봐서는 아무런 표시도 나지 않았다. 정말 감쪽같았다. 저렇게 무대에 오를 참인가 보다.

드디어 리허설이 열렸다. 마루야마는 목발 없이 맵시 있게 워킹하며 런웨이를 무리 없이 소화해냈다. 놀랍고도 신기했다. 그는 우아한 자태로 프로 근성을 발휘했다. 자세는 자연스러웠고 입가에는 편안한 미소가 번졌다. 뜨거운 열기 속에서 진행된 본격적인 쇼에 들어서서도 그는 관객들 앞에서 멋진 포즈를 취하며 박수를 받아냈고 마음껏 사진을 찍을 수 있도록 포토 타임까지 내주는 여유를 보였다.

본무대에 오른 우리 대표들도 큰 박수를 받았다. 하지만 환자인 마루야마를 포함한 일본인 모델의 복장 스타일과 무대 매너에는 견줄 바가 아니었다. 특히 발등에서 찰랑거리며 신발을 스치는 그들의 바짓단은 무척이나 부드럽고 자연스러웠다. 활동성과 기능성, 예술성이 가미된 형태였다. 나는 충격을 받았다. 세련된 무대 매너와 자연스러운 포즈, 프로 근성으로 다져진 그들의 여유가 정말 인상적이었다. 일본인 모델들은 양복 스타일뿐만 아니라 무대 매너까지도 매우 선진화되어 있었다. 어째서 일본에서 온 그들만이 어색하지 않고 자연스러울까. 그건 바로 그들의 프로페셔널한 직업의식과 몸에 편안히 감기는 무대의상에 있었다.

동남아 국가들이나 인도 등에서 온 모델들의 양복은 대부분 더운 지역이라 그런지 색상과 디자인이 캐주얼풍이었다. 울긋불긋한 무늬 셔츠에 깃을 밖으로 꺼내놓는 등 화려하긴 하지만 어딘가 조잡하고 어지러운 느낌을 지울 수 없었다.

나는 총 세 벌의 의상을 입고 무대를 누볐다. 명동 이용화양복점의 타운웨어, 미진양복점의 펜싱 스타일 그리고 나머지 한 벌은 다른 곳에서 출품한 것이었다. 함께 무대를 밟은 홍근삼 씨는 이성우양복점, 이순신 씨는 해창양복점, 오상규 씨는 모드양복점 옷을 입고 무대에 섰다. 대부분 아래위 진한 색의 신사 정장이나 블레이저 스타일(blazer, 화려한 색의 플라노 천을 재료로 하고, 가슴 주머니에 자수를 넣은 스포츠용 유니폼 스타일)이었다. 내가 처음에 무대에 입고 오른 의상은 펜싱복이었다. 왼쪽 가슴에 문장을 붙인 밝은 베이지색으로, 차이나 칼라에 단추를 여섯 개씩이나 길게 단 화려한 스타일이었다. 한껏 멋 부린 스포츠웨어라서 눈에 확 들어왔다. 장내에 들어찬 관객들이 박수를 쏟아냈다. 고마웠다. 실용성은 없어도 패션 작품으로는 특별했다. 다음 작품은 깃 없이 목 아래로 둥글게 굴려 앞섶까지 내려 자수로 덧댄 로맨틱한 타운웨어였다. 그리고 마지막은 흰색 바지에 검은색 턱시도 예복이었다.

그런데 나만의 생각일까? 모든 양복바지가 일본에 비해 길이가 많이 짧아 깡총해 보였다. 가만히 서 있을 때와 달리 걸음을 옮길 때는 더 확연히 느껴졌다. 이렇듯 활발히 보행할 때를 고려해서 약간 길게 만들어야 했다. 신축성이 부족한 바지 원단의 경우 엉덩이선과 볼륨에 따라 당겨지는 재단상의 문제점으로 바지 길이는 더욱 짧아 보이고 착용감은 불편했다. 비행기 동체 모양의 런웨이 무대는 동선이 50여 미터에 이른다. 이 짧지 않은 무대를 워킹하며 깨달은 문제점들에 나 스스로가 불만스럽고 어색했다. 옷을 입은 모델로서의 착용감뿐만 아니라 시각적인 맵시면에서도 일본 모델들과는 확연히 달랐던 것이다.

국제 패션쇼를 처음 치르는 대형 행사치고는 큰 사고 없이 성황리에 잘 끝났다. 하지만 적잖은 오점을 남기는 사건이 발생했다. 타이완에서 참가한 사람들의 금괴 밀수 사건이었다. 금괴를 숨겨 들어오다가 발각되어 벌금을 물어야 했다. 해외 송금이 녹록지 않던 시절이라 어쩔 수 없이 연합회에서 통사정을 하고 기금을 차용 대신 물어주면서 이 사건은 조용히 일단락되었다. 그러나 뒤에 갚기로 한 정산이 미결로 끝게 되면서 복련의 사업 추진에 치명적인 장애가 되었다. 국제 행사에 참가한 타이완 대표팀의 의식 수준을 알 수 있는 웃지 못할 해프닝이었다.

나는 일본인 모델들이 한없이 부러웠다. 우리도 다양한 정보를 전달하고 이를 발전시킬 좀 더 체계적이고 조직적인 단체가 필요했다. 남성 모델 클럽 왕실의 탄생과 『복장계』의 창간 등 앞으로 두고두고 이어질 나의 복장계 투신은 어쩌면 아시아 신사복 패션쇼에서 상해버린 복장인으로서의 자존심이라는 단순한 사적 감정에서 비롯한 것이었는지도 모른다. 이를 극복하기 위해 앞으로 우리 복장계가 무엇을 준비해야 하고, 모델들은 어떤 자질을 갖추어야 하는가에 대한 선명한 청사진이 시민회관을 가득 채운 5000의 인파 위에 이미 그려졌던 것이다. 그렇다. 제3차 아시아 신사복 패션쇼는 내가 걸어온 패션인의 길에서 만난 운명의 이정표 같은 것이었다.

〔당시 복장계의 주요 국제 행사〕

1965년 10월 13일	제1차 아시아주문양복연맹총회(일본 도쿄)
	우리나라 대표 : 서상국(대한복장학원 원장), 최대규(GQ양복점), 이봉현(영자양복점), 이성우(이성우양복점), 조대형(사비로양복점), 이중덕(모드양복점)
1967년 9월 15일	제2차 아시아주문양복연맹총회(일본 하고네)
	우리나라 대표 : 이용수 회장, 곽영근(베니스양복점), 김학수(AQ양복점), 최광현(ADD양복점), 정진용(전주 정자옥양복점), 김연성(상

	공회의소), 조훈(사무국장) 등 12명 참가
	*우리나라 주문 양복 업계 현황 설명회를 거쳐 제3차 총회는 한국의 서울에서 개최하기로 합의
1968년 8월 21일	제13차 세계주문양복연맹총회(이스라엘 텔아비브야파)
	우리나라 대표 : 이용수 회장, 조훈 사무국장, 최광현(애드양복점), 임승규(미림라사), 박정재(한영양복점), 정영근(베니스양복점), 조동훈(조훈양복점), 최대희(20세기양복점), 정원희(천안 미술양복점), 한창송(서울라사), 정부방(패션모델) 등 11명 참가
	* 사진과 기타 자료는 남아 있지 않음
1969년 9월 12일	제3차 아시아주문양복연맹총회(한국 서울)
	총 9개국 100여 명 참가(각국 대표 및 모델 등)
	장소 : 광화문 시민회관 5000여 명 관객 참가
	런웨이를 활용한 패션쇼
1970년 8월 24일	제14차 세계주문양복연맹총회(스페인 마드리드)
	우리나라 대표: 정명권 회장(미진양복점), 이필용(동도라사), 이봉현(영진라사), 안흥규(AQ양복점), 이종규(미조사), 신현국(대전 국제라사), 이순신(해창양복점), 김현갑(대전 기신양복점), 박치우(박치우양복점), 최기두(금성양복점), 정부방(패션모델) 등 11명 참가
	*패션쇼에 출품된 두 개 작품 일대 화제를 일으킴 *이 행사에 참가한 모델 정부방은 결국 귀국하지 않음
1971년 9월 12일	제4차 아시아주문양복연맹총회(타이완 타이베이)
	우리나라 대표 : 부회장 김학수(AQ양복점), 이영연(송림라사), 이필용(동도라사), 전병환(대구 한성라사), 김현갑(대전 기신양복점), 정순도(대구 영진라사), 이종필(상공부 수입과) 등 7명 참가
1973년 8월 26일 ~ 9월 1일	제15회 세계주문양복연맹총회(영국 런던)
	이용수 회장 인솔
	패션쇼 출연: 모델 도신우(이순신 작/ 흰색 파티복)
	'최우수작 10'에 입선
	* 이후 국제회의(아시아총회 및 세계총회) 매회 대한복장기술협회에서 참가 1999~2003년에는 한국이 회장국(이순신 회장) 역임

02

남성 패션모델 클럽 왕실

모델이란 직업으로 먹고살기는 어렵겠지만 머지않아 좋은 날이 올 겁니다

1969 – 한국
최초의 남성
패션모델 클럽
'왕실' 발족

1969–한국 최초의 남성 패션모델 클럽 '왕실' 발족

'제3차 아시아주문양복연맹총회' 패션쇼에 우리나라 대표로 함께 나섰던 홍근삼, 이순신, 오상규도 당시 나와 같은 생각을 했던 것일까? 모델 클럽에 대한 공감대는 이미 형성되어 있었고, 클럽을 만들자는 의견이 나오자마자 우리의 생각은 아무 거리낌 없이 한데 모아졌다. 그리고 드디어 오늘 이렇게 한자리에 모인 것이다. 내가 조용히 입을 열었다.

"이왕 이렇게 모였으니 우리 큰일 한번 저지릅시다. 알다시피 당분간 모델이란 직업으로 먹고살기는 어렵겠지만 머지않아 좋은 날이 있을 겁니다. 모두 직장이 있고 신수들이 훤한 미남자들이니까 모델 클럽을 만들어 활동하다 보면 빛을 볼 것입니다."

좌중에 한동안 침묵이 흘렀다.

"좋습니다. 우리 일 한번 냅시다!"

누군가 그렇게 동조하고 나서자 모두가 그러자며 박수를 쳤다. 똑같은 처지, 오랜 목마름이 논의를 쉽게 했다. 토론이 벌어졌고 일사천리로 매듭이 지어졌다. 우리들은 한목소리가 되어 남성 모델 클럽 왕실을 발족시켰다. 그전에 한국 복장계 실태에 대한 충분한 공감이 있었기 때문에 일은 순풍에 돛을 단 배처럼 진행되었다. 절실한 필요성이 남성 모델 클럽을 탄생케 한 것이다.

공식 명칭은 '왕실(王室)'로 정했다. 당시 귀족 패션의 대명사인 영국 왕실이 소개된 잡지나 기사를 보면서 내가 오래전부터 생각해둔 이름이다. 우리 클럽 회원은 대한복장기술협회(회장 이용화) 모델분과위원회에 소속되었다.

집행부원들은 이구동성으로 내가 회장이 돼야 한다고 했다. 나를 뺀 모두가 박수를 치는 것으로 순간 회장이 결정되었다. 총무는 나와 가까운 곳에서 일하는 김현동 씨를 추천해 결정했다. 프리랜서로 각자 자유롭게 활동하되 클럽 소속임을 인식, 공동 작업도 병행하기로 했다. 이에 우리는 클럽 왕실을 출범시키면서 네 가지 뚜렷한 목적을 지향점으로 삼았다.

1) 한국 복장 문화의 향상을 위한 전위대 역할
2) 한국적 이미지 스타일의 구현과 개발
3) 패션 한국(신사복)의 국제화를 위한 홍보 및 판매 촉진
4) 패션모델의 직업화와 전문화를 위해 공부하고 노력함

가입 조건은 24세 이상 32세 이하의 대졸 이상의 학력을 가진 남자로 건실한 생업에 종사하며 신체 건강하고 외모가 출중할 뿐 아니라 내적 교양도 풍부한 멋쟁이여야 했다. 단지 무대 위에서 패션을 선보이는 것을 넘어서서 삶의 멋을 아는 예의 바른 신사로서 모든 남성의 표준이 되는 사회적 모델로서의 역할도 중시했던 것이다. 창립 회원 일곱 명을 제외하고 추가로 회원을 받을 때에는 일곱 명 전원의 동의를 얻기로 했다.

"이제 기념사진을 찍어볼까요?"

약속 시간에 맞춰 와 있던 사진사가 좌중을 향해 말한다. 훤칠한 미남들이 자리에서 일어나 길게 서서 포즈를 취한다. 우아하고 세련된 풍모들이다. 그들의 얼굴에는 설렘과 자부심이 뒤섞여 있다. 플래시가 연이어 터진다. 실내가 환하게 빛나면서 젊은 그들의 미래가 밝게 펼쳐질 것만 같은 분위기가 된다. 한국 최초의 남성 모델 클럽 왕실이 발족하는 순간이다. 우리는 박수를 치고 악수하며 자축했다.

女性만 모델이냐...

한국 남자 패션모델클럽이 각 ... 무대 세계의 9개국 모델에게 ... 패션모델의 자리를 군어왔다. ...

男性모델클럽 發起

70.4

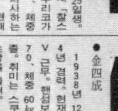

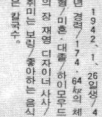

남성 패션모델 클럽 왕실 회원들. 앞줄 왼쪽부터 이종재, 김사성, 뒷줄 왼쪽부터 오상규, 도신우, 김광수, 이성호, 김현동

한국 양복계의 별, 이용화

언제 올라왔는지 이용화 사장이 계단 입구에 서서 우리를 바라보고 있었다. 해묵은 지병이 요즘 들어 부쩍 심해지면서 수척해진 얼굴에는 병색이 완연했다. 그럼에도 우리를 바라보는 깊은 눈과 꼭 다문 입가에는 넉넉한 미소가 걸려 있었다. 이용화 사장은 한국 양복계의 별이었다. 충남 예산 출신으로 무수한 양복 기술자들을 배출한 어른이다.

선생은 종종 그 옛날 부산 남포동 피난 시절 고생한 이야기를 해주었다. 김필동, 나태원 씨와 구제품 시장에 갔다가 산더미처럼 쌓아놓은 미국 낙타 오버를 보았단다. 그 품질 좋은 옷들을 보니 이를 사들여 뜯어낸 다음 다시 한국인 체형에 맞는 작은 오버로 만들면 좋겠다는 생각이 들었지만 돈이 한 푼도 없었다. 대부분의 피난민들이 그러했듯 돈은커녕 지붕 처마 밑이 잠자리였고 굶기가 다반사던 시절이었다. 옷을 벗어 털면 보리알만 한 이가 굼실굼실 한 움큼이나 튀어나와 DDT를 뿌려도 소용이 없었다.

이용화 선생은 절박한 심정으로 구제품 가게의 사장에게 사정해 견본을 몇 벌 얻어내는 데 성공했다. 그러고는 우선 이 옷을 맞춰 입을 사람을 찾았다. 대부분 떠돌아다니는 가난한 피난민들이었지만 개중에는 돈 있는 사람도 더러 있어서 하루에 세 벌, 다섯 벌씩 주문을 받았다. 그런데 재활용 오버를 입어본 사

1969년의 이용화(왼쪽), 국제 기능 올림픽 수상자 강신도

람들의 반응이 썩 좋았다. 점차 주문이 늘어가면서 오버가 날개 돋친 듯 팔려 나가기 시작했고, 오히려 구제품 공급 물량이 딸릴 정도였다. 쌀 한 가마니에 3000원 하던 때 한 달에 쌀 아홉 가마

니 값을 받고 밤낮없이 옷을 뜯고 꿰맸다. 당시 이발 기계랑 면도솔 하나만 가지면 어디서든 영업이 가능한 이발사가 최고라며 부러워하던 시절이었는데, 이용화 선생은 그야말로 아이디어와 재봉틀 하나만으로 큰돈을 벌 수 있었다. 그리고 그 경험이 훗날 그를 한국 복장계의 전설로 만들었다.

혼란한 시절, 어려운 사람들 속에서 그렇게 돈을 벌어서 선생은 언제나 사람들에게 미안한 마음을 갖고 있었다. 특히 6·25 전쟁 때 부득이 인민군에게 부역한 일이 평생 마음의 부담으로 남았다. 서울이 북한의 손에 떨어졌을 때 미처 피난하지 못했던 선생은 저들의 강압을 어쩌지 못했다. 그때는 살아남으려면 누구나 어쩔 수 없는 선택이었는데 선생은 자신에게 엄격한 분이었다. 살아생전에 외국 여행 한 번 가지 않았다.

인덕이 많은 이용화 선생 곁에는 언제나 많은 선후배들이 모여들었다. 건장한 체구에 호탕함까지 갖추어 연예인이나 예술인, 체육인 할 것 없이 교류가 많았고, 존경한다든지 마음에 드는 사람이라면 나이를 구분하지 않고 곁에 두며 아꼈다. 간혹 이러저러한 핑계로 치수를 재게 한 후, 양복을 맞춰 깜짝 선물하는 것으로 그 깊은 애정을 표현하기도 했다. 참으로 멋쟁이 사장이었다. 이런 선생의 진심 어린 배려와 훌륭한 인격 때문이었을까, 명동 이용화양복점은 다른 대형 양복점들에 비해 규모 면에서는 작았지만 주로 국내 상류층과 유명 인사들을 단골로 둔 수준 높은 양복점으로 통했다. 일반 고객을 상대하는 양복점들은 외상이나 할부 거래를 통해 고객을 유치하며 어렵게 현금을 확보해갔지만, 이용화양복점의 품격 높은 고객들은 일시불 현찰 거래로 양복을 맞췄기 때문에 안정된 사업 운영이 가능했다.

항상 상대의 말에 귀 기울여주던 사장은 내가 처음 클럽 결성에 대한 의지를 밝혔을 때도 다음과 같이 격려해주었다.

"자네가 고맙고 부럽네. 나는 이 업계에 30년이나 몸담고 있으면서도 우리에게 필요한 걸 찾아나서기보다 뒤따르기도 바빴던 것 같네. 자네도 알다시피 우리나라 양복업계는 종로나 소공동 같은 중심지를 제외하고는 대부분 영세한 업자들이라네. 내가 지금 비록 대한복장기술협회(이하 기협으로 약칭) 회장직을 맡고는 있으나 그들에게 뚜렷한 대안을 제시해주지도 못하고 겨우 우리 밥그릇이나 지키고 있는 것 같아서 언제나 미안한 마음이지. 그런데 이렇게 자네처럼 젊고 똑똑한 이들이 나서서 복장계 전체를 위한 아이디어를 모으고 도전한다니 내 어찌 자네가 고맙고 부럽지 않겠나. 세상 이치가 일마다 다 때가 있는 법이지. 적합한 때에 적임자가 나타나 필요한 일을 벌인다는데 내 어찌 두 손 놓고 가만히만 있겠나. 필요한 게 있으면 언제든 개의치 말고 말하게. 내 나름대로 도와봄세."

이렇듯 사장은 나의 치기 어린 도전에 흔쾌히 동의했고 클럽왕실을 위해 가게 2층에 있는 상담실까지 내주었다. 이런 선생의 격려와 응원이 있었기에 우리의 모임은 더욱 힘을 얻을 수 있었다. 일찍이 선생은 유택 선생과 합심하여 대한복장연구회를 만들었고 1949년에 국내 최초의 남성복 잡지『새 옷』의 창간 주필로 역할을 다한 선구자다. 선생 같은 덕망가 밑에서 일할 수 있었던 건 내겐 행운이었다.

03

이용화양복점

많은 양복점들이 현금을 긁어모았고 내게는 명동의 양복점 사장이
어느 은행장 부럽지 않아 보였다

말더듬이
재단사 이기봉

말더듬이 재단사 이기봉

　1960~1970년대는 남성 모델에 대한 사회적 인식이 전무한 상태였다. 여성 잡지는 화려한 컬러 사진의 여자 모델로만 도배되었고 남성 모델 사진은 좀처럼 찾아보기 어려웠다. 일제강점기나 6·25 등 고된 수난사를 두루 거치고 이제 겨우 사람 사는 세상이 됐다고는 하지만, 남자의 역할이란 여전히 생계를 책임지는 가장과 경제를 재건하는 엄숙한 노동자에 한정되어 있었던 것이다. 그래서인지 양복을 입는 대부분의 남성은 단벌 신사였다. 마치 여름 양복을 전당포에 맡겨 그 돈으로 겨울 양복을 사 입고, 다시 여름이 되면 겨울 양복을 맡겨놓고 여름 양복을 찾아 입기나 하는 듯 말이다.

　이러한 시대적 분위기 때문이었을까, 남성 모델에 대한 사회

재단사 이기봉 1978년 5월 16일

적 인식도 좋지 않았다. 한마디로 딴따라 그 이상도 이하도 아니
었다. 하지만 세상이 달라지고 있었다. 패션은 이제 더 이상 여
성만을 위한 게 아니었다. 아니, 나는 적어도 그렇게 생각했다.
가족과 나라를 책임지면서도 멋과 낭만을 아는 남자, 열심히 일
할 때는 최선을 다하지만 삶을 즐기고 여유를 부릴 줄 아는 남
자, 그것이 진짜 남자라고.

　당시 나는 성균관대를 나온 엘리트였다. 전공도 경제학이었
다. 그런 내가 이용화양복점에서 영업사원으로 일하게 되었다.
할 일이 없어서도 아니고 누가 시킨 것도 아닌데 나는 제 발로

딴따라의 길로 접어든 것이다. 대인관계가 좋았던 나는 금세 적잖은 고객을 유치할 수 있었다. 그러면서도 간혹 가게가 바쁘면 업무 영역을 따지지 않고 다양한 일을 도왔다. 숨어 있던 미술 감각은 재단사 이기봉 선생의 역할을 보조하는 데 쓰이기도 했다.

"미, 미스터 김, 이, 이 옷 한번 이, 입어주시게."

어느 날 고객과 상담 중이던 이기봉 선생이 당시 유행하던 의상 한 벌을 내 앞에 내밀었다. 조용하면서도 성격 좋은 선생은 말을 더듬는 버릇이 있었다. 나는 옷을 갈아입고 고객 앞에 섰다. 어색한 분위기를 바꿔보려고 괜히 손가락으로 머리를 넘기고 바지 주머니에 손도 넣어 보았다. 여러 권의 양복 카탈로그를 뒤적이며 고민하던 고객의 입가에 미소가 번지면서 얼굴이 환해졌다. 그는 선뜻 주문을 하고 선금을 냈다. 이기봉 선생이 쾌재를 불렀다.

이것이 내 첫 모델 데뷔였다. 이용화양복점 영업사원이 얼떨결에 입은 옷 한 벌로 모델의 인생으로 들어선 것이다. 형식이 내용을 규정한다는 말이 있다. 또한 존재가 의식을 결정한다고도 한다. 생각해보면 그날 주저하던 손님 앞에서 폼 나게 입어보였던 양복 한 벌이 내 인생을 결정했던 셈이다.

"이, 이참에 사진 몇 장 찍어 크게 걸어놓자. 매, 매번 손님이 올 때마다 옷을 입을 수는 없으니까 며, 몇 벌 입고 찍어놓으면 좋지 않을까?"

사장도 흔쾌히 동의했고, 여러 벌의 양복을 싸들고 곧장 사진관을 찾았다. 이기봉 선생의 다양한 코디에 맞춰 다채로운 스타일의 사진을 찍었다.

이기봉 선생은 내가 아는 양복인 중 가장 부지런한 사람이었다. 당시는 재단을 단순한 기술로 여기던 시절이었다. 그런데도 선생은 한시도 쉬지 않고 다양한 기술을 연구했고 각종 실험도 마다하지 않았다. 틈만 나면 그 방면에 재능 있는 직원을 붙들고 무엇이든 가르치려 들었다. 그러면서도 언제나 웃는 얼굴로 사람들을 대했기에 사장과 직원, 고객 모두가 선생을 신뢰하고 좋아했다.

우리 두 사람의 인연은 대학 졸업 후 나의 첫 직장이었던 남대문 '옥스퍼드양복점'에서였다. 이 규모 있는 양복점에서 그는 최고의 재단사였고 나는 말단 직원이었다. 나보다 무려 열세 살이나 많은 어려운 상사였지만 우리는 금방 좋은 친구가 되었다. 당시 부모님의 바람대로 은행원이 되기를 고민하던 나를 복장계로 이끈 분이 이기봉 선생이다.

1960~1970년대는 주문 양복이 최대의 호황기를 맞았던 시대다. 이른바 맞춤 양복의 황금기라고 할 수 있다. 많은 양복점들이 현금을 긁어모았고 내게는 명동의 양복점 사장이 어느 은행장 부럽지 않아 보였다. 대학을 나와 양복장이를 하겠다는 발상이

이용화양복점의 김광수 모델 사진

어처구니없게 느껴지던 시절이었지만, 내겐 딱딱한 공무원이나 은행원보다는 미적 감각을 적절히 발휘하면서 자기 사업을 할 수 있다는 게 큰 매력으로 보였다. 직업의 귀천을 떠나 어디서든 최고가 된다면 이러한 결정에 면죄부를 얻을 수 있을 것 같았다.

'명동 한복판에 번쩍이는 쇼윈도를 가진 내 양복점이라!'

상상하면 가슴이 뛰었다. 막연하게만 여겨지던 미래에 선명한 그림이 그려졌다. 결국 나는 이기봉 선생을 따라 이용화 양복점에 발을 들여놓았다. 복장계의 선구자인 이용화 사장의 지도 아래 최고의 재단사 이기봉 선생과 함께 일한다는 것은 더없이 좋은 기회이자 영광이었다. 그리고 이후로 위대한 선배들의 업적과 성실함을 보고 배우며 나의 복장계에 대한 애정은 점차 커져만 갔다.

1967-조선일보에 실린 사진 한 장

얼마 후 폼 나게 찍은 내 사진이 양복점 입구에 큼지막하게 걸렸다. 자화자찬이 아니라 그 사진은 고객들뿐만 아니라 행인들의 이목을 사로잡았다. 나는 처음 한동안은 그 사진들을 마주할 때마다 배시시 웃음이 나왔다. 내게도 이런 모습이 있었나 싶은 게 낯설고도 어색했다. 그러면서도 한편으로는 내면 깊숙이에서 묘한 자부심과 뿌듯함이 일었다.

그러던 어느 날 조선일보에서 신사복 유행 경향에 대한 기사를 쓰고 싶다며 양복점으로 연락이 왔다. 1967년 가을의 일이었다. 곧이어 기자가 양복점을 방문했다. 당시에는 남성복에 대한 기사가 조선일보 같은 유력 일간지에 실리는 게 흔치 않았다.

"기왕 기사 내는 거 멋진 사진 한 장도 곁들이고 싶은데요."

기자의 말에 이용화 사장이 카탈로그를 펼쳐 보이며 몇 장의 사진을 추천했다. 최근 유행하는 스타일의 양복 차림 외국인 모델의 사진이었다. 사진을 살피던 기자가 마뜩잖은 기색을 보였다. 그는 벽에 걸린 내 사진들을 한동안 응시하더니 사장에게 물었다.

"양복 모델 사진인가 보죠?"

"아니, 우리 직원입니다."

"정말요? 그럼 저 직원이 입은 사진을 내는 게 어떨까요? 아무래도 이런 외국인 모델보다는 저런 사진이 더 친근하게 보일 것 같은데. 제가 볼 때 외국인 모델보다 훨씬 낫네요."

기자의 이 같은 파격적인 제안으로 이기봉 선생의 코디하에 찍은 나의 사진은 '모델 김광수'란 캡션과 함께 조선일보 5면에 큼지막하게 실렸다. 양복을 입은 국내 모델 사진이 신문에 실리다니. 그것이 몰고 온 파장은 예상했던 것보다 훨씬 크고 신나는 일이었다.

美國型에서 大陸型으로

★아빠의 올겨울 옷맵시

올겨울 남자 복장은 플레어한 미국형에서 타이트한 대륙형으로 옮아가고 있다. (중략) 파리에서는 극도로 콘티화해서 체형이 들여다보이는 외투가 나오고 있지만 한국에서는 한국 사람의 체형 때문에 타이트한 콘티는 수명이 짧을 것이라고 복식계 인사들은 말하고 있다.

「인간공학」 적용하는 새 디자인

세미 콘티 大流行

옷 맞추는 테크닉에도 뜻있는 디자이너들은 인간공학이라는 새로운 수법을 도입해서 옷을 짓고 있다고도 한다.(중략)

◇콘티넨털調 스타일 (모델 金光秀)

美國型에서 大陸型으로

★…아빠의 올겨울 옷맵시

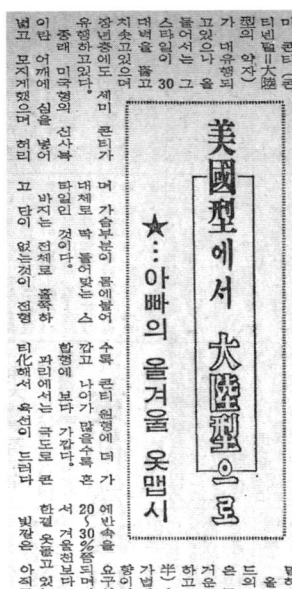

「人間工學」적용하는 새디자인

세미 콘티 大流行

壯年層엔 半黑色에 混合型

조선일보 1967년 10월 29일, 모델 김광수

1967년 10월 29일 5면에 「세미콘티 대유행」이란 기사와 함께 이기봉 선생이 만들어준 옷을 입고 생전 처음 모델이 된 사진이 실린 것이다. 기사가 나간 다음 날부터 양복점 전화에 불이 나기 시작했다. 곧이어 많은 사람들이 양복점을 찾았고, 대개 사진 속에서 내가 입은 양복과 같은 콘티넨털 스타일로 주문했다. 양복점은 고객들로 넘쳐났고 바쁜 일거리로 하루하루가 숨 돌릴 틈 없이 지나갔다.

요즘에도 흔히 신문이나 잡지에 맛난 음식점이 소개되면 한동안은 영업이 마비될 정도로 손님이 넘쳐난다. 다양한 매체에서 매일같이 소개하는데 언제나 인기다. 하물며 이런 기사가 거의 다루어지지 않던 당시, 조선일보의 기사가 지닌 파급 효과야 얼마나 대단했으랴. 개인적으로는 바쁜 서울 생활에 오랫동안 연락을 끊고 지내던 친구와 선후배들을 다시 만날 수 있는 기회가 되었고, 대학을 졸업해서 기껏 양복장이나 하느냐며 불편한 심기를 드러내던 가족들에게는 깜짝 선물이 되었다. 추동복 성수기를 맞아 많은 양복점들이 이 기사의 세례를 받았다. 양복점 이름이 드러나지 않은 기사를 오려내 자신들의 영업에 활용한 것이다. 이는 양복점이나 나에 대한 관심과 인기를 넘어 남성복, 남성 패션에 대한 인식도 넓힐 수 있는 좋은 기회였다.

조선일보에 난 기사가 내 인생에 몰고 온 파장은 컸고 오래갔다. 가게에 대한 나의 애정과 안목을 신뢰한 이용화 사장은 재단사를 한 명 더 채용하면서 나에게도 면접권을 주었다. 명동공원 옆 2층 성원다방에서 처음 만난 서일화 씨(1938~2003)는 전형적이 기술인이자 이기봉 선생처럼 노력하고 연구하는 분이었다. 이처럼 조선일보 기사는 나에게 훌륭한 식구이자 선배를 하나 더 만들어주었다.

그뿐만 아니라 이때 잡지 『주부생활』에는 무려 7쪽에 걸쳐 내가 직접 쓰고 모델까지 선 「신사복의 미학」이라는 글과 컬러 사진이 소개되었다. 이는 내가 모델 겸 패션 칼럼니스트로서 활약하게 된 중요한 시발점이었다. 이것이 계기가 되어 1968년도 가을에 창간된 국제복장학원 발행 『의상』지(誌)의 남성 코너에도 모델로 나섰고, 신사복에 관한 글도 여러 잡지에 투고했다.

이러한 여러 가지 뜻밖의 경험은 복장계에 대한 나의 가벼운 관심을 좀 더 심도 있고 적극적이게 만들었다. 관심을 가질수록 그 애정 또한 깊어졌고 시간이 흐르면서 단순한 양복점 사장 그 이상의 역할도 고민하게 되었다.

남성 패션모델이라는 직업

패션모델의 기원은 14세기 초 베네치아의 가톨릭 축일에 사람 크기 인형에 이듬해 유행할 의상을 입히던 것에서 시작했다고 한다. 마네킹이 아니라 사람이 직접 옷을 입고 보여주기 시작한 것은 1840년경이다. 발자크의 옷을 만든 에망이라는 양복점 주인이 창안자라고 한다. 당시 양복점 주인들은 스타일이 좋은 청년을 뽑아 그들에게 새로운 신사복을 입혀 멋쟁이들의 산책 코스였던 파리의 공원이나 번화가를 누비고 다니게 했다. 청년들의 등에 양복점의 이름과 주소가 적힌 포스터를 붙였고, 이걸 본 시민들이 그 의상을 구입하게 되었다. 판매 촉진의 역할을 한 청년들은 최초의 패션모델이 된 셈이다. 남성 모델이 여성 모델보다 앞서 등장한 것으로 보아 패션모델의 기원은 남성이었음을 알 수 있다.

우리나라에서는 여성 모델이 더 빨리 등장했지만 당시 내가 보는 남성 패션모델은 전도가 유망한 직종이었다. 비록 그 생명력이 짧고 불규칙한 활동이기는 하나 아직 한국에서는 미개척지인 이 일을 바탕으로 하여 꾀할 수 있는 영역이 넓었다. 당시 패션모델이 사진 한 번 찍는 데는 보통 5000원에서 5만원까지의 출연료가 보장되었다. 대기업 사원의 월급이 3~5만 원이었으니까 경제적인 측면에서도 무척 매력 있는 이색 직업이었다. 물론 남성 패션모델의 인지도는 매우 낮았고, 이로 인해 돈 대신 무대에서 입었던 의상을 출연료로 받기도 했다. 무대에 한 번 오를 때 네다섯 벌의 의상을 입는데, 당시 양복 한 벌이 2만 원 안팎이었기에 금전적으로 계산해보면 적잖은 가치였다. 간혹 입었던 양복뿐만 아니라 와이셔츠에 양말, 구두 같은 소품까지도 모조리 받아들고 오기도 했다. 대부분 모델 몸에 맞게 맞춤 의상으로 제작되기에 달리 소용이 없었던 것이다.

덕분에 내 방에는 백화점 쇼룸처럼 화려한 양복들로 넘쳐났다. 사글세를 전전하던 남루한 시절이라 지금처럼 드레스 룸이 있을 리 만무했다. 겨우 몸이나 누일 초라한 단칸방에 가득 걸린 멋진 의상들이라니! 그로 인해 이사 갈 때면 간혹 세탁업자로 오해를 받기도 했다. 지금 생각하면 배시시 웃음이 나온다.

이렇듯 열악하기만 한 남성 패션모델 시장이었지만 머잖아 시대의 변화에 따른 많은 수요가 생길 것이 분명했다. 그때를 대비해서 누군가는 초석을 다져놓아야 했다. 나는 누가 시킨 것도 아닌데 그런 소명 의식을 가지고 있었다. 이것이 당시 내가 대한복장기술협회 모델분과위원장으로 활동한 이유였다.

클럽 왕실의 활동도 점차 활발해져갔다. 우리들은 먼저 모델 일곱 명의 사진과 이력을 적은 포트폴리오를 만들었다. 그리고 그것을 모든 관련 모직회사, 시장 도매점, 부속 및 액세서리점 및 일반 제약회사나 화장품회사 등 다양한 업체에 발송했다. 혹시나 하는 마음으로 기대를 하고서 한 작업이었지만 역시나 대부분의 업체에서 아무런 연락이 없었다. 얼마 후 경남모직(앙고라), 프리모텍스, 제일모직과 같은 중견 업체들에게서 연락이 왔다. 비록 잡지 광고나 소규모 홍보를 위한 계약 따위의 작은 시작이었지만 직업 모델의 존재와 가치를 인정받고 선택의 폭을 넓혀주는 계기가 마련된 것은 사실이었다. 이는 클럽 회원들의 사기를 높이는 계기가 되었다.

크고 작은 여성 잡지에도 우리 모델들의 사진이 실리면서 20~30대 젊은 여성들의 인기를 한 몸에 받기 시작했다. 얼굴을 알아보는 주변 사람들의 관심과 쇄도하는 격려 편지 등은 이 직업의 전망을 가히 짐작하게 했다. 하지만 일부 기업주들의 인식 부족과 보수적인 사람들의 찌푸린 눈살도 만만찮았다. 그들이 보기에는 여전히 개폼이나 잡는 딴따라 인생들일 뿐이었다. 새로운 분야를 일구고 이끌어가는 개척자로서의 적잖은 부담이었다.

나는 남성 패션모델에 대한 부정적 이미지와 모략을 일삼는 사람들을 뚫고 나가야 하는 시련을 맞을 때마다 묵묵히 앞에 놓인 일에만 집중하려고 애썼다. 특히 기본 인성을 갖춘 훌륭한 모델 회원을 영입하려고 힘썼고 언제나 낮은 자세로 임했다. 화려한 외향적 이미지와 달리 검소한 생활로 내실을 기했다. 그러다 보면 언젠가는 올바른 인식을 하게 될 거라고 확신했다. 그것은 내 신념이었다. 나는 비록 모델 직종에 종사하고 그 길을 개척하고 있지만 번듯한 반가의 후예라는 자부심을 잃지 않았다.

'제3회 아시아 신사복 패션쇼'를 기점으로 왕실을 통해 보다 구체적으로 실현된 다양한 모델 활동은 호기심과 개척정신이 강한 내 본성을 깊이 자극했다. 기왕 이 업계에 들어와 남들이 하지 못하는 일에 뛰어든 마당이니 개인의 이상 실현뿐만 아니라 한국 복식 산업 발전과 수출 등 국익에도 적잖은 도움을 주리라

고 결심했다. 그리고 그 결심은 어느덧 현실이 되어 차근차근 진
행되어갔다.

04

한국 양복업계

분명 원단 제조사의 잘못인데도 모든 책임을 양복점이 고스란히 져야만 했다.
그게 당시의 관례였다

1970-제1회
복장의 날 행사

1970-제1회 복장의 날 행사

우리는 흔히 인간 생활의 3대 기본 요소를 의, 식, 주라 말한다. 그런데 상식적으로 생각할 때 인간 생활을 위한 우선순위는 식(食)임이 분명한데, 왜 의(衣)를 맨 앞에 세운 것일까? 좀 더 자세히 들여다보니 서양에서는 식(Food), 의(Clothing), 주(Shelter)로 동양과 순서가 다르다. 북한도 '식, 의, 주'로 서양과 그 순서가 같다. 하지만 중국, 일본, 한국은 '의, 식, 주'로 통한다.

그 이유가 뭘까? 유교 전통이 강했던 동양은 전통적으로 예(禮)를 중시했고, 그것은 우선 부끄러움을 가리는 의복으로 나타났다. 그러다가 옷과 모자 등의 색깔과 스타일에 따라 계급과 신분이 드러났고, 그에 따른 예법이 준수되었다. 하지만 먹는 것은 달랐다. 생물학적 관점에서는 음식이 생명체 유지에 가장 절실한 것이긴 하지만, 그것으로는 동물과 사람을 구별하지 못한다.

사람은 동물과 달라 예법을 차리게 되었고, 그래서 예가 바로 선 다음에 먹는 것과 머무는 곳을 따져야 한다는 당위성에서 의, 식, 주의 순서가 정해진 건 아닐까. 『한서(漢書)』「식화지(食貨志)」에는 "입고 먹는 것이 충족되어야 영예와 치욕을 알며, 청렴하고 사양함이 생겨 다툼이 그친다(衣食足而知榮辱, 廉讓生而爭訟息)."고 했다. 이렇듯 의(衣)를 식(食) 앞에 두는 까닭은 살아남는 것보다 영예와 치욕을 아는 걸 더 중시하기 때문이다.

의복에 대한 인식은 문화권에 따라 약간의 차이가 있지만 현대 사회에서 그 의미가 한층 진화된다. 사회적 지위와 직업 성취도를 나타내는 중요한 단서일 뿐만 아니라 그 역할이 '유행', '패션'이란 이름으로 시대를 표현하는 집단행동의 표출로 확대, 분화된 것이다. 이런 의미에서 한국에 양복이 첫선을 보인 지 70여 년이나 지난 후에야 '복장의 날'을 제정한다는 것은 때 늦은 감이 있지만, 그만큼 복장의 의미가 본격적으로 국민의 삶에 파고들었음을 의미하니 반가운 날이 아닐 수 없다.

1970년 1월 13일은 복장인들에게 매우 뜻 깊은 날이었다. 업계의 숙원 사업이기도 한 '제1회 복장의 날' 제정 기념식을 가졌다. 대한복장학원 서상국*원장의 제안으로 이루어진 이날 기념

---

* 서상국(1920~1989), 복련 2대 회장을 지냈으며 『새 옷』 편집인, 『복문』 발행인, 대한복장학원 원장을 역임했다. 『인의유봉』, 『의인설화』 등 다수의 양복 관련 저서를 냈다.

식은 1896년 1월 13일 대한제국 고종 황제가 '문무관복제 개정령'을 선포한 날을 기념하는 의미 있는 행사였다. 기념식은 대한복장기술협회 주최로 서울 중구 주교동 대한복장학원 강당에서 50여 명의 내빈과 양복업계 인사들이 모여 조촐하게 치러졌다.

　이날 행사는 내가 사회를 보았는데, 국민의례, 복장의 날 제정 의의(서 원장), 공로패 증정에 이어 이성우 부회장(와병 중인 이용화 회장 대리) 인사 말씀 그리고 내빈 축사 및 소개 순서로 진행되었다. 참석 인사로는 복련 초대 회장 홍창유, 2대 회장 서상국, 복식평론가 하원재, 기협 회장을 역임한 이성우, 모선기, 문병지 씨, 그 외 임상호, 민선홍, 장진, 장창빈, 최복환, 김용환, 한창송, 김상백, 인천 김장회, 김진성, 조의환, 전주 김용길 씨 등이었다. 모처럼 뜻있는 자리에 함께한 전국 각지의 동업자들이 서로 손을 잡고 정담을 나누고 기념사진도 찍었다. 그 자리가 복장업계 발전의 초석을 다지는 역사적 순간이었다고 생각돼 지금도 감회가 깊다.

　1971년 제2회 복장의 날부터는 '이용화 제도상'이 신설되어 1979년도까지 봉황, 공작, 펭귄상을 수여함으로써 양복인의 긍지와 기술 향상에 기여했다. 제3회는 복련, 대한양재협회, 기협 세 단체가 공동 주최하였다. 현재는 한국남성패션문화협회 주관으로 매년 정기 총회를 겸해서 양복의 날 기념행사를 먼저하고, 고 이성우 선생을 그리는 '유강 이성우 양복문화상' 시상을 하

고 있다. 제41회 복장의 날 행사는 2010년 2월 24일에 협회 정기
총회를 겸해서 거행된다.

1969-서상국 원장과의 인연

"김군, 세련된 말솜씨로 사회 잘 봐주었네."

서상국 원장은 거늑한 표정으로 나를 바라보면서 뿌듯해했다.

"과찬이십니다. 부족한 저에게 좋은 기회를 주셔서 감사드립
니다."

나는 진심으로 머리를 숙였다.

"허허허, 그런 소리 마시게. 자네와 내가 어디 보통 인연인
가?"

복장계의 대선배인 서상국 원장은 우리 두 사람의 인연을 말
했다. 하지만 처음부터 그리 순탄한 관계는 아니었다. 서 원장은
이용화 선생과 친구 사이였다. 내가 서 원장을 처음 만난 건
1969년, 이용화양복점에서 근무하며 복련의 중구조합 임원을 맡
았던 시절이었다. 당시 나는 업계를 위한 공동체 활동에 의욕적
으로 몰두하고 있을 때였는데, 제일모직을 통해 시중에 판매되고
있는 휘라미(filamie, 가벼운 모직물이며 기공이 많아 통풍이 잘 되는
하복지로 사용) 복지가 세탁을 하면 확 줄어버리는 문제가 뒤늦게
발견되었다. 이 원단으로 양복을 맞춰간 손님들에게 항의가 쇄도

이용화 양복점

　　사단법인 대한복장기술협회 회장 이용화(53세)씨 「이용화양복점」은 명동 중심지에서 오랜 연륜을 쌓는동안 금번 제4회 기능올림픽 1, 2등을 차지하는 등 그간 수많은 우 기술자를 배출시킨 본산지로, 새로운 디자인의 개발은 그 첨단을 걷고 있다. 또한 실무자인 강 윤식씨의 단 철한 경영방침은 고객에게 봉사제일의 메이커로 알려지게 했다. 특히 복장기술협회 모델분과조직의 산파역을 맡고 있는 동 양복점의 김 광수씨는 고객의 몸매에 어울리는 양복이 되게끔 전문적인 조언을 하고 있어 더 한층 장안의 인기를 독차지하여 화제가 되고있다.

　　社団法人大韓服装技術協会長である服装界の元老 李容和氏(53)の李容和洋服店は明洞の中心地にあって、このたびの第4回技術オリムピックに1, 2等の栄冠を得た。なおお同店の実務責任者である姜允漢氏はお客本位のサービス精神は知る人ぞ知る。同店は服装技術協会モデル分科委の金光秀氏も居て柄の選択、仕立 等に、お客への細心な心遣いを怠らない。

이용화양복점 가이드 팸플릿

　하여 어쩔 수 없이 양복점에서 환불해줄 수밖에 없었다. 분명 원단 제조사의 잘못인데도 모든 책임을 양복점이 고스란히 져야만 했다. 그게 당시의 관례였다.

　　나는 부당한 그 관례에 화가 났다. 이 불공정한 처사를 해결하고자 앞장서서 동업자들에게 연판장을 받았다. 그리고 정식으로 공문을 만들어 제일모직 본사로 찾아가 항의하며 탄원서를 제출했다. '일간지에 공개 사과하고 전 물량 수거와 손해배상 할 것'을 요구했다.

당황한 제일모직 측은 판촉과장을 앞세워 나를 고용한 이용화 사장을 찾았다. 그 자리에 대한복장학원 서상국 원장이 동행했다. 당시 대한복장학원은 다른 학원들도 그러했듯 모직 회사들로부터 연습용 복지 등 다양한 방법으로 지원을 받고 있었을 것이다.

　어느 날, 이용화 사장이 나를 부르더니 조용히 말씀했다.

　"서상국 원장이 자넬 내보내라고 하는군."

　"왜요?"

　자세한 내막을 모르던 나는 당황해서 물었다.

　"제일모직에서 야단이 났어. 어찌하면 좋겠나?"

　"서 원장 그렇게 안 봤는데 정말 실망스럽군요. 모직회사에서 도움 좀 받는다고 이런 식으로 사태를 해결하려 드시면 안 되죠."

　젊고 패기 넘치던 나는 더욱 완강하게 맞섰다. 하지만 이용화 사장이 지병으로 병원에 입원한 후에도 담당 과장이 병문안을 핑계로 계속 찾아와 회유책을 냈다. 제일모직 측에서 1969년 아시아 총회와 신사복 패션쇼 협찬 문제를 조건으로 제시했다고 했다. 나는 존경하는 분의 안정을 위해서라도 싸움을 그만둘 수밖에 없었다. 달걀로 바위치기라는 속담의 진면목을 경험하는 순간이었다.

　사회생활을 하다보면 그런 일이 곧잘 일어난다. 젊은 패기로는 쉽게 인정하지 못할 일이다. 하지만 주변을 돌아보면서 참을 수밖에 없다는 사실도 알게 된다. 나는 그쯤에서 일을 마무리하기로 했다. 다만 복지가 갖고 있는 문제점은 당장 고치라고 강력하게 주문했고 회사 측에서도 기꺼이 수용할 수밖에 없었다. 일간지에 공개 사과해서 회사 이미지를 구기거나 막대한 지출로 배상하지 않아도 되는 회사로서는 적이 안심했을 게다. 나는 다른 중구조합 임원들과 소주를 마시며 자위했다. 비록 원하는 바를 끝까지 관철하지는 못했지만 복장인의 권리를 큰 목소리로 한껏 내질렀다는 것에서 위안을 찾았다.

그 일이 있고 나서 서 원장이 양복점에 찾아왔다.

"원장님, 그때 왜 그러셨습니까? 섭섭합니다."

나는 서 원장에게 볼멘소리로 물었다.

"이보시게, 김군! 제일모직이 어떤 업체인가. 불모지나 다름없는 한국 섬유업계에 뛰어들어 지금까지 한국 섬유 산업 발전의 견인차 역할을 해온 대표적인 업체 아닌가. 우리 세대 업자들은 그 혜택을 많이 받고 살아왔다네. 하지만 자네 같은 청년들이 이 같은 불의에 대항해 싸워 이겨야 다음 세대가 더 좋은 환경에서 일할 수 있다는 걸 내가 왜 모르겠나. 자네 입장 충분히 이해하네그려. 기특하기도 하고 한편으로는 고맙고 한편으로는 미안하다네. 그러니 자네도 내 처지 이해해주시구려. 내가 사과함세."

서 원장이 머쓱해하며 내 손을 잡았다. 이분이 지금까지 복장계에 끼친 공로와 업적은 의문의 여지가 없는 절대적인 것이다. 어린 나이에 초창기 한국 복장계에 들어와 온갖 역경을 뚫고 이겨내며 복장계의 역사를 만들어 온 분이었다. 일제강점기 말에는 22세의 젊은 나이로 당시 배급권이 없던 한국 양복업자들의 영업 획득권을 위해 투쟁, 극적으로 성공시킨 애국자였고, 자유당 시절에는 상의원*이란 상호로 이승만 전 대통령의 의상을 10여 년간이나 전담한 명장이었다. 1959년 복련 제2대 회장 시절에는 양복업에 부과되는 특별행위세를 철폐시킨 공로자며 선각자다. 또한 자신이 경영하는 대한복장학원을 통해 기술과 경영 책자와 신문 등을 만들어서 업계 기술 향상을 도모하고, 학원 동문, 양복점 등에 배포, 정보 공유를 꾀했다. 그런 분의 진심 어린 사과를 나는 외면할 수 없었다.

그렇다. 제일모직은 1954년 삼성의 모기업으로 설립돼 1961년에는 한국 최초로 우리가 만든 복지를 해외에 수출하면서 국내 섬유업계 발전의 일등 공신 역할을 해왔다. 기업의 영리를 목적으로 설립되었다고는 하지만 업계에 공헌한 바가 컸다. 매번 비싼 수입 복지를 사용하며 고전을 면치 못하던 복장계가 제일모직 덕분에 다양하고 값싼 국산 복지를 사용하게 됨으로써 가격 경쟁력이 생겼다. 결과적으로 국민 의생활에 기여한 셈이다.

---

* 尙衣院. 조선시대 임금의 의복을 진상하고 대궐 안의 재물 간수를 맡아보던 관청. 그 뒤 상의사, 상방사로 이름이 바뀌었다.

서 원장과 나는 그렇게 화해했고 비온 뒤에 땅이 굳어지는 것처럼 관계가 돈독해져갔다. 나는 그분의 후덕함을 보았고 그분은 내 패기를 높이 샀다. 이렇게 시작된 그분과의 인연은 다양한 활동을 통해 지속되었다. 이 일을 계기로 나는 복장계의 인재 부족과 구심점을 모으는 이렇다 할 매체가 없음을 절감했다. 언젠가 능력이 생기면 반드시 패션 잡지를 발행해 업계를 올바르게 선도해가겠다는 결심을 하게 되었다.

또한 서 원장은 내가 대한복장학원이 발행하는 회보에 매월 게재한 「복문칼럼」 45편을 당신의 글 「섬유인」, 「섬유 편편사」와 합하여 『의인설화(擬人說話)』라는 한 권의 책으로 묶었다. 내게 그 책을 선물하며 이렇게 말했다.

"김군은 이제 에세이스트야."

대중 출판이 아니고 학원에서 한정본으로 만든 책자지만 나로서는 감격적인 순간이었다. 그런 경험은 훗날 내가 수필가로 문단에 등단하는 자극제가 되었다.

1984년 어느 날, "김군이 우리 학원을 맡아주시게. 아무리 봐도 김군만 한 인재가 없어"라며 서 원장이 부탁했다. 이제 연만해서일까, 힘에 부쳐 내게 학원을 맡아달라고 간청한 것이다.

나는 당혹스러워 손사래를 쳤다.

"원장님, 당치도 않습니다."

"난 늙었네. 더 늙기 전에 후학에게 맡기고 쉬고 싶어."

"원장님은 아직 정정하십니다. 후배들을 위해서라도 더 활동해주셔야죠."

나는 정중하게 거절했다. 서 원장은 따뜻한 시선으로 나를 응시했다.

나는 그런 서 원장을 존경했다. 해마다 설 다음 날이면 세배를 갔다. 그곳에서 문병지, 이석배, 민선홍 씨 등을 만나면 더 좋은 시간이 되었다. 그런 돈독한 관계는 끝까지 유지되었다.

1985년 6월, 내가 서울올림픽조직위원회 산하 복식 전문위원 겸 유니폼 실장으로 부임했을 때는 누구보다 기뻐했고 든든한 울타리가 되어주었다. 또한 1987년 4월 세종홀에서 있었던 내 어머니 미수연에 와서는 '복장계에 몸담은 엘리트 미남자'라는 주제로 말씀해주었다. 그때 민망할 정도의 극찬과 격려를 해주어서 고마운 마음을 잊을 수가 없다.

올림픽이 끝나고 체육공단에 근무하면서 바쁘다는 핑계로 나는 선생을 자주 찾아뵙지 못했다. 그 무렵 서 원장은 새로 건립된 한국맞춤양복회관으로 사무실을 옮겼는데, 그곳에 있을 때 마음고생이 많았다고 한다. 안타깝게도 선생은 1989년 5월 12일에 외롭게 유명을 달리했다. 그분이 남긴 『양복 80년 야화』 등 다섯 권의 귀한 유작을 나는 잘 보관하고 틈나는 대로 읽고 살피면서 후학들이 널리 읽을 수 있는 방법을 연구하고 있다.

한국에서 서양 남성복 패션은 어떻게 변해왔을까

'젊은 그들'–"젊은 그들은 주위의 따가운 시선을 아랑곳하지 않고 양복 차림으로 귀국하는 대범함을 보인다. 그리고 그들은 갑신정변을 일으킨다."

1885년 초 일본에 망명 중인 갑신정변의 주역들. 왼쪽부터 김옥균, 서광범, 박영효, 홍영식

1882 – 우리나라에서 서양 복식을 처음으로 받아들인 것은 별기군이었다. 1881년에 창설된 별기군은 신식 무기를 갖추고 근대식 훈련을 받으면서 복식도 서양식으로 바꿨다.

1883년 9월 미국에 도착한 조선의 첫 외교사절 보빙사 일행. 앞줄 왼쪽부터 미국인 퍼시벌 로웰, 부사 홍영식, 정사 민영익, 종사관 서광범, 홍영식 바로 뒤가 유길준

　처음 양복을 입은 사람들은 1882년 4월 일본에 조사시찰단으로 갔던 김옥균, 서광범, 유길준, 홍영식, 윤치호였다. 이들이 입은 양복은 당시 일본에서 유행하던 검은색의 색 코트(sack coat)였다. 깃이 턱 밑까지 바싹 달라붙어 하이칼라라고도 부른다. 몸에 꼭 끼는 연미복과 달리 색 코트는 말 그대로 자루처럼 풍성한 모양이었다. 영국에서는 라운지 재킷(lounge jacket, 연미복의 꼬리 부분을 없앤 형태의 슈트)이라고 불렀고 일본에서는 세비로(양복이

1884 서광범과 김옥균. 보빙사 종사관으로 갔다가 당시 미국에서 유행하던 롱부츠에 단추 4개짜리 더블브레스트 양복을 사 입고 온 서광범

라는 뜻의 일본어)라 통했다. 서광범은 선교사 언더우드의 권유로 요코하마의 한 양복점에서 30달러에 이 색 코트를 사 입었다고 한다. 그는 이 옷을 입고 일본 각지를 시찰한 후 그해 11월, 귀국길에 다시 한복으로 갈아입었다. 서양인을 오랑캐로 여기는 것이 사회 통념이던 당시 양복 차림으로 돌아오기는 부담이었을 것이다.

단발을 하고 서양 대례복을 입은 고종 황제

1883 - 최초로 미국 시찰단으로 나간 보빙사[*] 일행은 난생 처음 마주친 구미의 현란한 문물에 큰 충격을 받는다. 개화의 신념을 확고히 다진 젊은 그들은 주위의 따가운 시선을 아랑곳하지 않고 양복 차림으로 귀국하는 대범함을 보인다. 그리고 그들은 갑신정변을 일으킨다. 의복부터 바꿔 입은 그들은 사회 전체 개혁을 시도한 것이다. 의복이 단순히 의복이 아니고 사회를 변혁하는 촉매일 수 있음을 보여주는 예다.

1884 - 최초의 의복 개혁인 '갑신의제개혁'이 발표됐지만 당시에는 잘 시행되지 못했다. 10년 후 동학농민운동과 갑오경장(1894)을 거치며 개화기의 물결을 타고 1895년 12월 31일 단발령이 내려졌다.

---

* 報聘使. 1882년 조미 수호 조약이 체결되자 고종은 임오군란 이후 비대해진 청나라의 세력을 견제하기 위해 민영익, 홍영식, 서광범, 유길준 등을 친선 사절단으로 서방 세계에 파견했다. 사절단은 태평양을 건너 샌프란시스코에 도착하고 미 대륙을 횡단한 다음 워싱턴을 거쳐 뉴욕에서 미국 대통령 아서와 회동하고 국서를 전했다. 이후 대서양을 건너 유럽 각지를 여행한 다음 귀국했다.

1896 - 1896년 1월 13일 '문무관복제 개정령'이 발표됐다. 그 후부터 이 땅에서도 왕실을 비롯하여 문무백관은 물론 수위까지도 양복을 착용하고 머리를 깎는 풍습이 시작되었다.

굵게 짠 소모직의 서지(serge, 빗살 방향의 능직으로 짠 직물류)로 만든 양복이나 '세루'(당시 일본인들이 서지를 잘못 발음한 것) 양복에 조끼를 입고 그 속에 회중시계를 넣은 채 '나리가와'라는 양가죽 구두를 신고 지팡이를 든 멋쟁이 신사가 우리나라에도 등장한 것이다.

1896년 1월 13일, 추운 겨울날 조례를 위해 경복궁에 도열해 있던 대신들의 눈이 휘둥그레졌다. 고종 황제가 단발을 하고 검은색 도스킨(doeskin, 암사슴의 가죽을 모방한 직물, 예복에 많이 쓰임. 털을 한쪽 방향으로 눕혀 짜므로 표면이 매끄럽고 부드럽다) 소재의 서양식 대례복을 입고 나타났다. 앞서 선포한 문무관복제 개정령을 몸소 실천하고 나선 것이었다.

1896년 5월 26일 러시아의 황제 니콜라이 2세의 대관식에는 세계 각국에서 온 고위 사절들이 참석하여 성황을 이루었다. 이때 조선 사절단인 민영환과 윤치호 일행이 양복의 대례복을 입었다는 것처럼 특히 외교관에게 양복의 착용은 필수 사항으로 인식되기 시작했다. 1901년 이한응은 주영·주벨기에 3등 서기관으로 런던에 부임해 있었는데, 우리나라 사람 중에 외국 정부에서 '젠틀맨'이라는 칭호를 받은 최초의 사람이다.

1896년 4월에는 서양 군복으로 '육군복장규칙'이 제정되었

임시사료편찬위원회 1919. 임시사료편찬위원회는 상해 임시정부에서 한국독립운동사를 체계적으로 정리하여 서구 열강에게 한국의 독립운동 노력을 바르게 이해시키기 위해 설립된 단체. 총재(안창호, 뒷줄 중앙), 주임(이광수, 앞줄 중앙)을 선임하고 그 밑에 8명의 위원과 22명의 실무진을 두었다. 이들의 복장은 당시의 기본 스타일인 싱글 투버튼, 밝은 색조인 것으로 보아 춘하 절기의 가벼운 의상이며 넓지 않은 타이에 흰색 신발로 멋을 부렸다

고, 같은 해 8월 1일에는 문관 복장이 간소화되어 반포되었다. 1900년 4월에는 '문관복장규칙'과 '문관대례복제'가 발표되어 문관의 예복으로 양복을 입게 했다. 이로써 조선시대 500년 동안 입은 유교식 관복 제도가 청산된 것이다. 이때 반포된 문관예복은 영국 왕실의 예복을 모방한 일본의 대례복을 참조하여 만든 것이었다. 소례복으로는 서양 각국에서 시민들이 예복으로 있던

호놀룰루 1920. 왼쪽부
터 이승만, 정한경, 노백
린. 싱글과 콤비 스타일.
이승만은 린넨 종류로 멋
을 부렸고, 각자 옷 색깔
에 맞는 구두를 코디했다

연미복과 프록코트를 입었으며, 평상복인 양복은 서양에서 시민
들이 입던 평복이었다.

　특히 순종이 양복 차림의 일행 70여 명을 거느리고 지방 순찰
을 한 일은 복장 혁명의 큰 계기가 되었다.

　" '세루'(당시 일본인들이 서지를 잘못 발음한 것) 양복에 조
끼를 입고 그 속에 회중시계를 넣은 채 '나리가와'라는 양가죽

1921년 겨울. 워싱턴 군축회의에
참석한 이승만(왼쪽)과 서재필이
구미위원부를 나서고 있다. 최고
급 실크해트와 흰색 셔츠, 검은색
타이. 이승만은 싱글, 서재필은 더
블을 입었다

구두를 신고 지팡이를 든 멋쟁이 신사가 우리나라에도 등장한 것
이다."

  상류층을 중심으로 양장을 하고 구두를 신는 이들이 늘어났
고, 점차 한복의 비활동성이 지적되면서 서민들의 삶에서도 한복
개량운동이 활발히 이루어지게 되었다.

  우리나라 최초의 양복점 - 1889년 일본인이 설립한 '하마다양
복점'이었다. 이 양복점은 일본 세력을 배경으로 하여 우리나라

에 들어와 일본 공사관 직원들과 당시 주둔하고 있던 일본 군대의 군복을 만들며 유지하다가 1895년 양복이 공인되자 조선 궁중의 양복도 주문받아 납품하였다.

1902 - 최초의 한인 양복점인 '한흥양복점'이 서울에 생겼다. 이렇듯 우리나라의 양복 기술은 일제강점기 35년을 거치면서 메이지유신을 계기로 하여 서양 문물을 먼저 접한 일본인들에게서 배운 것이었다.

1913 - 매일신보에 연재된 조일제의 소설 『장한몽』에는 일본 유학을 마치고 돌아온 김중배가 프록코트에 단장을 짚고 금테 안경에 다이아몬드 반지, 실크 모자, 순록가죽 장갑, 에나멜 구두를 착용했다고 묘사돼 있다.

1920년대 - 양복의 확산기로 양복 착용이 크게 성행하였고, 사람들은 양복에 두루마기 대신 스프링코트(봄가을에 입는 가벼운 코트)와 오버코트를 입었으며, 셔츠·넥타이·모자·구두·지팡이·회중시계·넥타이핀 등의 장신구를 갖추었다.

1919년 삼일 운동을 전후로 하여 구시대와 신시대 사이의 문화적 격차가 심해지면서 양복의 수요도 급격하게 증가했다. 양복점 개업은 생활의 안정을 도모할 만한 인기 직업이 되었다. 양

복 기술을 배우려는 사람들로 양복 기술을 가르치는 양복 실습소
는 장사진을 이루었다.

"김중배가 프록코트에 단장을 짚고 금테 안경에 다이아몬드
반지, 실크 모자, 순록가죽 장갑, 에나멜 구두를 착용했다."

 1930년대 - 서울의 양복점이 400여 개로 늘어나면서 조선인
양복점과 일인 양복점의 갈등 관계가 형성된 시기로, 민족감정이
개입되기 시작했다. 모두가 근대화에 대한 강한 집착에서 나온
것으로, 양복은 시대적 물결을 타고 전국 방방곡곡으로 퍼져나갔
다. 이때 양복은 개화된 문명의 첨병 역할을 했다.

 대표적인 조선인 양복점으로는 종로를 중심으로 한 북촌 지역
의 종로양복점, 영미식양복점, 삼오양복점, 공명양복점, 조일양
복점, 서울양복점, 손탁양복점, 손태환양복점, 홍신양복점 등이
있었고, 일본인 양복점으로는 명동과 충무로를 중심으로 한 남촌
지역의 정자옥(미도파), 미나가이, 미스꼬시(신세계), 히라다 등
의 양복점이 있었다.

 이 시기에는 방모(紡毛)에 속하는 트위드(tweed, 굵은 양모를
사용하는 직물류이며 가공하여 표면에 거친 감촉을 냄) 천의 양복에
무릎 위까지 올라오는 스타킹을 신고 헌팅캡을 눌러 쓴 스타일이
유행하여 윤치호, 서재필 등도 입고 다녔다. 이는 전형적인 영국
스타일로 일제강점기에 일본이나 외국에 유학하고 돌아온 학생

1947년 2월 미소공동위원회 양국 대표가 덕수궁 석조전에서 신탁 통치 여부를 놓고 논의가 엇갈렸다. 5월 20일에 2차 회동을 가질 것을 합의하고 석조전을 나서고 있는 공동위 제1분과 위원들. 상의 깃이 넓은 여유 있는 평상복으로, 굵은 사선 무늬의 타이를 허리선 위로 짧게 맨 것이 돋보인다

이나 일본 고관들의 복장을 모방하는 이들을 통해 국내에 선보였다. 이렇듯 마구잡이식 서양 복식의 흡수는 연회 때 입는 연미복을 평상시에도 차려 입고 다니는 우스운 해프닝을 낳기도 했다.

중반 이후로는 풍성한 느낌의 볼드 룩 스타일*상하가 다른 콤비가 1920년대 이후 계속 유행했다. 특히 짙은 색 상의에 흰

---

6) bold look style, 과감하다(bold)라는 말처럼 어깨 패드를 넣어 라펠이나 넥타이 폭이 넓은 스타일로 1930년대에 등장해 1940년대 말에 미국에서 유행했다.

1950년 4월 19일 54회 보스턴 마라톤 대회에 참가한 한국 마라톤 선수들. 왼쪽부터 1위 함기용, 2위 송길윤, 3위 최윤칠 그리고 중앙에 앉은 이는 서윤복(1947년 보스턴 마라톤 대회 우승). 세 선수 모두 블레이저 차림. 왼쪽 가슴에 엠블렘 마크를 달았고 승리의 월계관을 머리에 썼다. 많이 넓은 라펠에 약장까지 달았다

바지를 맞춰 입는 것이 특색이었다.

　1940년 전후 - 한복과 양복을 절충하여 바지저고리 위에 오버코트나 망토를 입었으며, 지방에서는 양복지로 만든 두루마기에 흰 동정 대신 비로드나 털을 달아 입기도 하였다. 한편 일본은 창씨개명, 황국신민화 등의 정책을 수행하면서 관리들과 교원들에게 일본 국민복 입기를 강요하였다. 국민복은 국방색 모자와 스탠드칼라의 상의, 단꼬 바지(홀쭉이바지)에 각반을 찬 차림으로 의복 소재는 우모지와 면이었다.

1953년 6월 2일에 열린 영국 엘리자베스 여왕의 대관식에 참석한 한국 특사 일행이 돌아오는 길에 타이완에 들렸다. 좌로부터 신익희, 국회의장 장개석 총통, 김홍일 주중 한국 대사, 김동성 국회부의장. 장총통의 실용복에 비해 흰색 양복에 검은색 보타이를 맨 한국 외교관 측 복장이 돋보인다

1957년 11월 21일 우리나라 최초의 시멘트 제품을 살펴보는 이승만 대통령. 좌로부터 문경시멘트 이정림, 김일환 상공부 장관, 대한시멘트 이동준 회장. 넉넉한 스타일이나 당시 유행대로 바지 품이 너무 넓다

태평양 전쟁이 터지면서 양복업계도 배급제가 된다. 이때 영세한 양복업자는 혜택을 받지 못하고 수선방으로 전락하게 된다. 전쟁은 모든 산업과 국가 체제를 비상 체제로 운영되게 함으로써 패션 산업을 후퇴시키는 결정적 요인이었다. 태평양 전쟁 기간 동안 양복은 한결같이 군복식 아니면 학생복식의 유니폼이었다.

"트위드 천의 양복에 무릎 위까지 올라오는 스타킹을 신고 헌팅캡을 눌러 쓴 스타일이 유행하여 윤치호, 서재필 등도 입고 다녔다."

광복 후 – 해외 동포의 귀국으로 양복 유행이 가속화되어 아이비 스타일[*]과 콘티넨털 스타일이 도입되었다. 8·15 광복 이후 어깨와 품이 풍성한 미국식 볼드 룩 스타일이 유행하면서 미국에서 들여온 구제품을 그대로 입는 사람들까지 있었다.

1950년 한국전쟁 – 남북 사회의 내부에 급격한 변화의 계기가 되었다. 복장사(服裝史)에도 일대 전환기가 된다. 남쪽은 다양성, 북쪽은 획일성의 본보기였다. 전쟁이란 절박한 위기를 맞아 당면한 절망적 우수와 원색으로 요란한 퇴폐적 흐름이 생겨났다. 남

＊ ivy style, 어깨 패드를 작게 하여 한층 자연스러운 어깨와 여유 있는 실루엣에 칼라가 좁으면서 상의 길이가 길다.

1965년 5월 15일 한미정
상회담 후 백악관에서 산
책하는 박정희와 존슨 대
통령. 양국간의 상호 이해,
아시아 반공국가로서의 보
장, 경제적 지원을 논의했
다. 두 대통령 모두 신장에
맞는 양복을 입었고 똑같
이 짙은 색의 폭이 좁은
타이를 맺다

성의 패션이 어둠을 걸머진 우수의 깊은 고뇌라면, 여성의 경우
는 오히려 화려한 퇴폐성으로 몸을 던지는 부나비의 모습으로
보일 수도 있었다.

　　남성의 복장은 군복을 염색하거나 탈색한 옷이 많았다. 또 모
든 나라에서 원조한 구호품 의상들을 줄이고 고쳐서 입기도 했
다. 어떤 전쟁 때나 마찬가지로 군복풍의 흐름이 복식의 대종을
이룬다. 정치인이나 경제인 또는 비즈니스맨들이 신사 정장을

더러 입었지만 정장은 많이 위축된 상태였다. 사느냐 죽느냐 하는 위기에 쫓기면서 꽉 막힌 길을 걷고 있는 참혹한 모습이었다.

6·25 때 있었다는 해프닝 하나를 소개한다.

미국의 구제품이 한국에 쏟아져 들어올 때다. 시골에 사는 한 사람이 엉덩이에 지퍼가 달린 바지를 입고 있었다. 그는 한복 바지만 입는 주변 사람들에게 그 바지 자랑을 늘어놓았다.

"화장실에서 큰일 볼 때 이 지퍼를 열어 해결하니까 아주 편리하더라고. 역시 미국 놈들은 머리도 좋고 기술도 으뜸이야."

듣고 있던 사람들이 부러워하며 고개를 끄덕였다. 당시 서양식 복장에 익숙하지 않은 사람이 앞에 지퍼가 달린 바지를 그만의 방식으로 뒤로 가게 해서 입고 다니며 화장실 갈 때 편리한 바지라고 자랑했던 것이다.

6·25 이후 - 1956년 국산 복지인 제일모직이 나오기 전까지는 외국 복지가 판을 치고 있었고 그 가운데에서도 미군 부대에서 나오는 서지와 홍콩과 마카오를 거쳐 들어온 영국 복지가 대부분이었다. 당시 멋쟁이는 '마카오 신사'라 불렸는데 이는 복지의 유통 경로인 도시 이름이 붙여진 것으로, 마카오에서 들어온 영국 복지로 양복을 지어 입은 첨단 패션을 표현하는 멋쟁이란 뜻이었다.

후반에는 '로마에'라 불리던 더블브레스트(double breast, 단추를 한쪽에 3개씩 두 줄로 단 슈트)가 유행하여 가슴 주머니에 포켓치프를 꽂고 색안경과 파이프를 물고 있는 모습이 멋의 전형으로 인식되었다.

1960년대 – 1950년대 말엔 서울, 부산을 비롯한 대도시 중심권에 양복점이 들어서면서 맞춤양복업계가 형성되기 시작했다. 1960년대 새마을운동 재건복(국민복)의 등장으로 맞춤양복업계의 성장세가 둔화되는 듯했다. 재건국민운동본부는 노동자에서 공무원에 이르기까지 재건복을 입게 했다. 그러면서 작업복 차림과 점퍼, 콤비 등의 캐주얼웨어가 등장했다. 후반기엔 양복 수요가 폭발적으로 증가하여 농촌 지역 읍 단위 작은 도시에도 화려한 쇼윈도를 자랑하는 양복점이 들어서게 되었다. 양복의 착용이 보편화된 것이다. 이 시기에 새로 도입된 유럽형 콘티넨털룩은 어깨가 넓고 그 끝이 내려앉는 드롭트 숄더(dropped shoulder)에 허리는 약간 조이고 가슴과 어깨 부분을 돋보이게 한 실루엣으로 상의의 길이는 짧은 편이고 뒤쪽의 좌우 아래를 튼 옆트기가 많았다.

"'로마에'라 불리던 더블브레스트가 유행하여 가슴 주머니에 포켓치프를 꽂고 색안경과 파이프를 물고 있는 모습이 멋의 전형으로 인식되었다."

1980년 9월 2일 11대 대통령으로 선출된 전두환 대통령이 레이건 대통령과 회담 후 나란히 섰다. 두 정상 모두 당당한 체구에 어울리는 싱글 브레스트 차림이고, 굵은 사선의 타이를 맸다

1970~1980년대 초까지 - 맞춤 양복의 최대 호황기였다. 유니섹스 모드와 히피 스타일이 등장해 젊은 세대에게 인기를 모았다. 1960년대 말에 비해 칼라가 더 넓어지고 피크트 라펠(picked lapel, 아래쪽 칼라가 위로 뾰족하게 올라간 모양)이 주를 이루었고 바지 길이도 길어졌다. 후반부터는 볼드 룩이 퇴조하고 칼라 폭과 넥타이 폭이 좁아지고 재킷의 길이가 다시 짧아졌다. 국산 양복지가 다양하게 생산되면서 양복점도 계속 증가하였다. 서울의

명동과 종로 남대문로, 부산의 광복동 등을 비롯하여 전국의 도시마다 양복점이 번영을 누렸는데 당시 한국을 찾는 외국의 양복업자들은 한국을 '양복점의 천국'이라 말하며 부러워했다. 양복의 전성기에 걸맞게 양복 기술도 눈부시게 발전했다. 원로 양복인들은 업체마다 밀려드는 주문에 납기일을 맞추지 못해 허덕이던 기억이 새롭다며 그 시기를 회상했다.

1980년대 중반 – 어떤 업계든 흥망성쇠, 기복은 있는 법. 잘 나가던 맞춤 양복은 1980년대 중반 기성복이 선을 보이면서 내리막길을 걷게 된다. 젊은이들이 하나둘 인근 백화점 등에서 손쉽게 구매할 수 있는 기성복을 선호하게 되면서 고객이 급격히 줄어들게 되었다. 전문직 남성들에게 이태리풍의 고급 캐주얼 정장이 좋은 반응을 얻었다.

1990년대 초 – 수입자유화, WTO 체제 출범으로 전 세계 경제 블록이 무너지며 해외 유명 브랜드가 이른바 '명품'이라는 미명 아래 대도시 중·상류층 고객을 타깃으로 국내 주요 상권 및 대형 백화점 매장을 잠식해 나가기 시작했다. 신사 기성복 업체들이 브랜드 세분화로 프랑스풍, 이탈리아풍, 영국풍, 미국풍 등으로 다양해지고 남성복 시장이 급성장하였다. 국내 맞춤양복 업계는 경쟁력을 잃고 휴·폐업하는 업체가 속출하면서 위기 국면을 맞게 되었으며 자구책을 마련치 못한 채 오늘에 이르렀다.

05

초년고생

이 무렵 나의 단골집은 삼각동 수제비 집이었다. 50환짜리 수제비 한 끼로 하루를
버텼고 그렇게 한 달을 보냈다

1969-기적의
3층집 짓기

1969-기적의 3층집 짓기

이용화양복점에서 일하면서 어느 정도 심적, 경제적 안정을 찾은 나는 성북동 성낙원 오른쪽 비탈진 언덕에 다 쓰러져가는 판잣집 하나를 구했다. 집은 형편없었어도 대지는 꽤 넓었다. 나는 그 공간에 나만의 꿈을 펼쳐보기로 했다. 어떻게 마련한 내 집인가! 그전에 혈혈단신으로 서울에 올라와서 어렵게 생활하며 학교 다니던 시절의 기억이 새삼 새뜻했다.

우선 방 하나만 남겨놓고 집을 헐었다. 그나마 집 모양을 하고 있었던 판잣집이 도깨비 집처럼 괴상한 형체로 남았다. 그 멀쑥하던 모델 청년이 거주하는 집으로 여기기에는 너무도 어이없고 흉측하기까지 한 몰골이었다. 하지만 나는 그 집에서 여동생과 함께 살면서 참으로 절약하고 억척스럽게 성취해 나갔다. 월

급의 8할은 무조건 저축해서
집 짓는 데 투자했다. 지금
같으면 꿈도 꾸지 못할 노릇
이지만 젊고 당당했던 당시는
오직 내가 꿈꾸는 나중의 모
습만 생각했다. 돌이켜보면
젊음은 확실히 최고의 무기
요, 자산이다.

성북동 3층집 짓기 1969

용기 있는 자만이 미래를
가질 수 있다. 정말이지 뜻하
지 않은 행운이 찾아왔다. 집
을 헐고 땅을 파보니 단단하
고 노란 모래흙이 나왔다. 이
른바 마사토였다. 나는 그 모
래로 벽돌을 마구 찍었다. 그 덕에 작은 벽돌, 큰 벽돌 필요한 대
로 쓸 수 있었다. 앉은자리에서 건축 자재를 조달하다니. 헐지
않은 귀틀집 방 하나에 기거하면서 나는 그 옆에 매일매일 차곡
차곡 벽돌을 찍어서 쌓아놓았다. 산더미처럼 쌓인 벽돌을 바라보
니 부자가 된 느낌이었다. 나는 건축업자에게 의뢰하지 않고 직
접 설계를 한 다음 하청업자들을 불러서 쌓여 있는 벽돌로 아주
튼튼한 집을 완성해 나갔다. 나중을 생각해서 기초공사를 튼실하
게 했고 벽도 두껍게 쌓았다. 그렇지만 전문 건축업자가 보면 흠

사 아이들 소꿉놀이 같았을 터였다. 어쨌든 튼실한 건물이 점차 완성돼갔다. 새 건물에 방을 들일 공간이 생기자, 그곳으로 옮긴 나는 그전까지 머물던 찌그러진 쪽방을 마저 헐었다. 그리고 그 바닥을 다시 파내 벽돌 찍고 골라서 건물의 나머지 반쪽을 완성해나갔다.

"말쑥한 젊은 사장님, 정말 알뜰하시고 기발하십니다."

인부들이 엄지손가락을 치켜들었다. 나는 현장 감독 노릇까지 하면서 일일이 공정 단계를 체크하고 필요한 인부들을 바꿔써가면서 집을 세웠다. 비용 절감도 절감이지만 나는 내 집을 직접 짓는다는 즐거움을 누리고 싶었다. 이처럼 좋은 기회를 건설업자에게 맡길 수는 없었다.

양복점에 출근할 때면 인부들과 공정을 약속하고, 다녀와서는 이를 일일이 확인했다. 소소한 일들은 혼자 밤늦게까지 마무리했다. 내 일이고 내 집 짓는 일이라 그랬을까, 잠을 못 자도 조금도 피로하지 않았다. 그렇게 1층 25평이 완성되었다. 밥을 먹지 않아도 배가 불렀다. 양복점 일과 모델 일을 더 부지런히 했다. 돈은 늘 부족했지만 일거리를 찾아서 하니 필요한 만큼은 벌 수 있었다. 뜻을 세우고 일이 성사될 때는 보이지 않는 힘이 돕는 것 같다. 그래서 하늘은 스스로 돕는 자를 돕는다는 말이 생긴 모양이다. 그렇게 돈을 모아서 2층을 올렸다.

감개무량했다. 2층으로 거처를 옮긴 나는 아래층을 전세로 내놓았다. 그리고 다시 3층 다락방을 꾸몄다. 이제 집은 넉넉하고 전망 좋은 안식처로 돌변하였다. 이게 기적이 아니고 뭔가. 큰돈 들이지 않고 쌓아올린 이 건물은 이 글을 쓰는 지금까지도 튼튼히 그 자리에 서 있다.

이렇듯 나는 내가 하고 싶은 일에 몰두할 때면 결코 서두르지 않으면서 충실히 쌓아 나가는 매우 긍정적인 성격이다. 훗날 내 좌우명처럼 되었지만 '불성무물(不誠無物)' 그대로였다. 성실하지 않으면 아무것도 없다. 오직 성실만이 일을 성사시키는 비결이다. 우연히 또는 요행히 된 일은 결코 오래가지 못한다.

1959-공원 벤치에서 잠자던 신세

어려서부터 미술에 재능을 보인 나는 미대에 진학하고 싶었다. 하지만 남자가 무슨 미술이냐며 밥 굶기 딱 알맞다고 반대하는 어른들의 생각을 꺾을 자신이 없었다. 더욱이 아버지의 건강이 악화되면서 많이 기울어진 집안 사정도 생각하지 않을 수 없었다. 나는 서울에서 대학 공부를 하겠다는 말을 꺼낼 염치가 없었다. 오히려 열심히 돈 벌어 보태드려도 부족한 형편이었다. 결국 대전 보문고교를 마친 1959년, 대학 입학의 꿈을 몰래 품고 상경을 결심했다. 누나에게 졸라 얻은 3000환이 내가 가진 돈 전부였다. 경제적으로 넉넉지 않은 누님이었기에 사흘을 졸라서야 겨우 얻어낸 귀한 돈이었다.

"썩을 놈, 이런 상황에 고등학교 나왔으면 됐지 무신노무 대학이냐!"

그렇게 타박했지만 누님은 속정이 깊은 분이었다. 내가 떠나는 날 대전역까지 따라나와 눈물을 훔치며 주머니에 그 돈을 찔러 넣어주었다. 차창 밖 누이의 모습이 뿌옇게 멀어져갈 때 나는 두 눈을 질끈 감았다. 그리고 결심했다. 돈 많이 벌어 꼭 다시 내려오겠다고, 반드시 성공해서 보란 듯이 금의환향하겠다고.

막상 서울에 올라오니 갈 데도 없고 아는 사람도 없었다. 그야말로 서울 거지 신세가 시작된 것이다. 그나마 오장동에 쪽방을 구해 박장동(당시 울릉도 국회의원 낙선자), 이상민(당시 무주 국회의원 낙선자) 등 나를 포함한 다섯 명이 한 방에서 칼잠을 잤다. 낮 동안 일을 찾아 헤매다 잠시 쉴 곳으로는 우체국과 공원이 제격이었다. 물론 우체국 의자에 앉아 졸다가 수위에게 쫓겨나기가 다반사였지만 당시 아무 제재 없이 들어갈 수 있는 몇 안 되는 쉼터였던 것이다. 이런 제재 없는 곳으로 치자면 공원을 따라갈 곳이 없지만 일기에 큰 영향을 받는 것이 결정적 단점이었다.

고단한 몸과 마음이 쉴 쪽방을 찾아 이곳저곳을 전전하던 어느 날이다. 해가 저물자 유난히 큰 보름달이 둥실 떴다. 나는 그 달빛에 이끌려 남산에 올랐다. 그곳에서 내려다보는 도시의 불빛이 밤하늘 은하수처럼 아름다웠다. 그 불빛 하나하나에 사람의 온기가 있었고 풍요로운 행복이 있었고 기약된 미래가 있었다. 저 셀 수 없이 많은 방들 중에 다리 뻗고 누울 내 방 하나가 없다는 게 믿기지 않았다.

이 무렵 가난을 비관하여 남산 어딘가에 목을 매 자살하는 사람이 급증한다는 이야기를 들었다. 나는 호기심에 그 나무를 찾아보고자 축 처진 발걸음으로 어두운 남산을 휘휘 돌았다. 그러다 이상할 정도로 어두운 기운이 서려 있는 나무 하나를 발견했다. 죽음을 부르는 나무는 그 기운부터가 다른가 보다. 어쩌면 이곳에서 비명횡사한 슬픈 영혼들의 한이 서려 있어 그런 건지도 모르겠다. 난 아직 죽을 때가 안 되었는지 그 나무에 가까이 다가서는 것조차 두렵게 느껴졌다. 순간 머리가 쭈뼛하며 오히려 이상한 오기가 생겼다. 광산 김씨 37대손으로 태어나 조상님의 은덕을 받고 자라온 내가 저 드넓은 서울 바닥에 이 한 몸 누일 곳 하나 마련하지 못한다니, 30촉짜리 알전구 하나 내 맘대로 켜고 끌 방 한 칸 없다니. 사내대장부 체면이 이토록 구겨져서야 말이 아니다. 나는 그길로 산을 내려왔다.

인쇄소 영업사원 시절

얼마 전 신문 광고지에서 오려놓은 인쇄소로 향했다. 지금도 취직하기가 어렵다지만 그때는 워낙 어렵던 시절이라 더했다. 작

1970년 4월 『선데이 서울』 김광수 인터뷰

은 인쇄소 영업사원 다섯 명 모집에 60명이나 응모를 했다.

"제가 부족한 점이 많습니다. 경험도 없고, 나이도 어리고, 서울 지리도 잘 모릅니다. 그렇지만 경험 많고 나이 많은 사람들보다 분명 더 잘할 수 있는 게 있을 겁니다. 제가 부족한 걸 누구보다 잘 알기 때문에 이를 만회하기 위해서라도 더욱 열심히 뛰겠습니다."

자신을 포장하고 잘 보여도 부족할 판에 내 단점을 내 입으로 말하고 나니 부끄러워 고개를 들 수가 없었다. 밑도 끝도 없이 무작정 큰소리쳤지만 내심은 참 염치가 없었다. 떨어졌다 여기고 힘없이 물러났다.

"김군! 어딜 가나?"

사장이 나를 불러 세웠다.

"네?"

"사람이 참 반듯하군. 그런 정신이면 뭐든지 할 수 있겠어."

사장은 그날로 나를 채용했다. 나는 휘경동 중랑교 근처 한옥 문간방에 방을 하나 얻어 지인 오종근 씨와 자취를 시작했다. 밥은 고사하고 방에 온기라도 남아 있는 게 고마울 때였는데, 주인집 아가씨는 우리가 밥을 해먹는 줄 알고 어느 날 김치 한 통을 갖다주었다. 쌀 한 톨 없던 우리는 이불 속에서 김치만 먹어치웠다. 그렇듯 어렵사리 서울생활을 하면서도 나는 늘 당당하고 밝게 웃으며 지냈다.

이 무렵 나의 단골집은 삼각동 수제비 집이었다. 50환짜리 수제비 한 끼로 하루를 버텼고 그렇게 한 달을 보냈다. 온 서울 골목골목을 누벼야 하는 이 초보 영업사원에게 한 달은 1년, 아니 10년과도 같이 고달픈 시간이었다. 그러던 어느 날, 인쇄공 보조를 한 명 뽑는다기에 얼른 자원해 열심히 배웠다. 성실하게 일한 걸 인정받아 한 달 만에 인쇄공으로 자리가 옮겨졌다. 첫 달 월급은 7000환이었다. 나는 부족함을 메우려고 더 기를 쓰며 일했다. 밤낮을 가리지 않고 일하다 보니 수당이 남들의 세 배에 달했다. 월급도 매달 1000환이나 올랐다. 그리고 오래지 않아 내 월급은 1만 2000환까지 수직 상승했다.

수저 놓고 뒤돌아서면 배고플 한창때였지만 배불리 먹지 않았다. 최소한으로 먹고 남는 돈은 꼬박꼬박 저금했다. 5개월이 지나니 어느새 2만 환이나 모였다. 때마침 아버지 생신을 맞아 이 돈을 들고 처음으로 고향에 내려갔다. 어른들이 걱정할까 봐 부러 말끔하게 차려입고 내려갔다. 고등학교 졸업하자마자 상경한 뒤 어언 1년여 만의 귀향이었다. 비록 떠날 때 각오한 화려한 귀향은 아니었지만 객지에서 고생하는 아들을 반기는 부모님의 자애로운 미소를 보니 서울에서의 힘겨웠던 시간이 말끔히 녹아내렸다.

나는 어른들에게 대학 진학의 꿈을 말했다. 부모님은 기운 가세에도 등록금을 준비해주겠다고 했다. 등록금만 있으면 생활비와 나머지 학비는 벌어서 감당할 수 있다는 자신감이 생겼다. 다시 서울로 돌아온 나는 인쇄소에 근무하면서 성균관대 경제학과에 입학했다. 1960년이었다.

"환쟁이는 배고파 못 쓰느니."

아버지의 만류를 이기지 못한 것이다. 오랫동안 원했던 미대는 아니었지만 경제학과 입학은 성공 가도에 들어선 것이었다. 남산에 올라가 다졌던 결심을 본격적으로 실천하게 된 셈이다. 미대를 못 간 아쉬움은 인쇄소에서 도안 그려주는 일을 도맡아 하는 것으로 달랬다. 나는 그렇게 열심히 공부하면서 돈을 모았다. 덕분에 나는 서울에 올라온 지 2년 만에 선배와 함께 삼각동에 작은 인쇄소를 차릴 수 있었다. 1962년의 일이었다. 인쇄소 이름은 김태삼 선배의 태 자와 내 이름 광수의 광 자를 따 '태광 인쇄소'라고 지었다.

공부하면서 하는 인쇄소라서 큰돈을 벌 수는 없었다. 월세 주고 나면 겨우 밥 세끼 먹고 용돈 좀 쓰는 정도였다. 따라서 학교에 등록금을 낼 때는 어쩔 수 없이 아버지의 도움을 받아야 했다. 당시 아버지는 위암 투병 중이었다. 어머니 같은 누나가 나한테 대놓고 "썩을 놈, 이런 상황에 고등학교 나왔으면 됐지 무신노무 대학이냐!"고 꾸지람한 까닭이 모두 그래서였다.

대학교 2학년을 마치고 육군에 입대하면서 인쇄소 일을 접었다. 군대에서는 광주 충장로 관사에서 이현진 장군과 이세호 장군을 모셨다. 모두 보병학교 교장을 지낸 분들이었다.

1967 - 남인라사와 옥스포드양복점 시절

제대 후, 다시 학비를 벌기 위해 인쇄소에서 아르바이트를 했다. 대학에도 복학해서 4학년 졸업반이었다. 어느 날, 서대문에 있는 모 제약회사 부장을 만났다. 평소 아르바이트를 하고 있는 인쇄물 견본을 보이기 위해서였다.

"미스터 김! 대학 졸업 후에도 이 일 그냥 할 건가?"

"그야 두고 봐야죠. 왜요, 뭐 좋은 것이라도 있습니까?"

"아니, 내 아우가 종로에서 양복점을 하는데 좋은 사람 있으면 소개해달라고 하더란 말야. 혹시 방학 동안만이라도 일 안 해보겠는가 싶어서……."

"그럼 한번 찾아가 보죠."

평소 살갑게 잘 대해준 그의 말에 나는 흔쾌히 대답했다. 양복점의 생리도 한번 알고 싶었고 단정하고 깨끗하게 보여서 괜찮은 직업이라고 생각했다. 방학이 되자 그가 그려준 약도를 가지고 종로 3가 '남인라사'를 찾았다. 두말할 필요도 없이 바로 채용되었다. 패션계에 몸담는 내 평생 진로를 그렇게 내딛게 된 것이다.

별로 크지 않은 양복점이지만 해병대 사령부와 몇 군데 월부 양복을 주로 하고 있었다. 잔심부름을 하는 말단 직원으로 시작했지만 일 처리가 빠르고 응용력이 컸던 나는 점차 많은 일을 맡게 되었다. 특히 영업에서 뛰어난 실력을 보였다. 당시 내가 출입했던 해병대 사령부는 고스란히 섭렵했다 말해도 과언이 아니었다. 사이즈 재는 법만 익힌 다음 현장 실습하듯 한두 번 따라간 곳이 해병대 본부였다. 그런데 며칠 있다가 혼자 돌면서 몇 벌의 양복을 맡아왔다.

"미스터 김, 사람들 신망을 금세 받아내는군."

사장은 믿기지 않는다는 기색이었다.

그 뒤 나는 자신감이 생겼고 점차 십수 벌씩 재어오는가 하면 여기저기 유수한 회사에 들어가 판매망을 뚫어갔다. 그리고 그 실적을 배가했다.

밖에 나가거나 점포에 있거나 나를 찾는 사람이 많아졌다. 그리하여 인기가 점점 높아졌다. 근처 다방에도 불이 나게 들락거렸다. 수입 면에서도 인쇄물 영업하는 것에 비할 바가 아니었다. 비록 아르바이트생이었지만 어쩌면 이 일이야말로 내 적성에 부합하는 천직이 아닌가 생각되었다.

나는 '남인라사'에서 곧 지배인 대접을 받았다. 그렇게 성균관대 경제학과를 졸업했다.

졸업 후, 은행에 취직할 기회가 있었지만 나는 남대문로의 '옥스퍼드양복점'을 택했다. 이곳에서 재단사 이기봉 선생을 만났고 곧바로 이용화 선생과의 인연으로 이어졌다.

이용화 선생과의 첫 만남은 명동 유네스코 앞 골목에 있던 태궁 다방에서였다.

"세상에는 꼭 필요한 사람과 필요치 않은 사람 그리고 있으나 마나 한 사람이 있다고 합니다. 저는 꼭 필요한 사람이 되겠습니다."

"좋아요. 내일부터 나와 열심히 일해 봅시다."

장인답게 첫눈에 사람을 알아본 이용화 선생은 그 자리에서 나를 채용했다.

이용화 사장은 아들딸이 많다. 2남 5녀 중 큰딸 희는 결혼했으며 둘째, 셋째 딸, 다음 장남 형진, 넷째와 다섯째가 딸이고, 막내가 중헌이다. 몸매 가냘픈 선생의 부인이 언젠가 '내 배는 꺼질 새 없는 애 만드는 공장이었다'며 꾸밈없이 깔깔 웃던 모습이 훤하다. 나는 둘째, 셋째 딸과 좀 가까웠다. 격 없이 차나 맥주도 한 잔씩 나누기도 했다. 딸 가진 부모의 사위 욕심은 당연한 걸까. 하지만 난 남들 이야기는 귀담아 듣지 않고 내 할 일에만 충실했다.

그러던 어느 날, 서른 살 노총각을 보다 못한 둘째 량이가 자신의 친구를 소개했다. 명동 지오다방에서 첫 만남을 가졌다. 언론인의 장녀로 조용하고 이지적인 첫인상이 좋았다. 세 번째 약속 장소에서 바람을 맞았다. 아무리 기다려도 나타나지 않기에 둘째 량에게 연락을 해보니 일본으로 유학을 떠났다는 것이다. 나에게는 일언반구도 없이 말이다. 황망한 마음에 따지듯 일본으로 편지를 보냈다. 그렇게 편지가 이어지기를 2년, 그녀는 귀국하자마자 서울시청 뒤에 있는 동경은행에서 근무했다. 1년 후

1971년 6월 12일 김일환 선생 주례로 우리는 결혼했다. 바로 지금의 아내다. 이용화양복점은 내 삶을 복장계에 투신하는 계기뿐만 아니라 천생 배필을 만나는 소중한 기회까지 만들어주었던 것이다.

06

양복점 개업

찰스 김 테일러를 기반으로 하여 5년 후인 1975년까지 자수성가하겠다는
각오로 전화번호도 1975번으로 정했다

1970—양복점
개업 준비

1970-양복점 개업 준비

1970년 2월 초 나는 명동에 최초의 살롱식 연구소 '찰스 김 테일러'를 개업했다. 당시 남성복의 대명사는 영국이었다. 특히 월드 베스트 드레서인 찰스 황태자는 전 세계인의 관심을 한 몸에 받으며 연일 신문 지상에 오르내렸다. 나는 이 '찰스'라는 이름을 쓰기 위해 성명권과 관련해 직접 영국 왕실로 편지를 보냈다. 주변에서는 그냥 써도 무관하다며 나를 별종 취급했다. 하지만 나는 부당한 구석이 조금이라도 있으면 그걸 받아들이지 못하는 성격이었다. 그렇다고 강직한 편은 아니다. 너무 순해서 번번이 당하고 살아온 한평생이었다.

안녕하십니까?

나는 대한민국에서 복장업에 종사하고 있는 김광수라 합니다. 귀국의 황태자 이름인 '찰스'를 내가 차릴 양복점의 이름으로 사용하고 싶습니다. 성명권에 침해가 되지는 않는지 확인하고자 이 편지를 보냅니다.

한 달이 넘어 영국 왕실의 사무국에서 보낸 편지 한 통이 도착했다. 짤막한 답변이었다.

'We have no problem.'

나는 꼼꼼한 성격이다. 그 때문에 이렇듯 사소한 일에서조차 만전을 기했다. 남들은 사서 고생한다고 하지만 내 생각은 다르다. 어쩌면 내가 지나치리만큼 세심해서 찰스 김 테일러를 준비하는 동안 작은 즐거움을 만끽했달 수 있다. 성북동에 건물을 짓는 것도 명동에 내 가게를 갖는 일도 번개 치듯 해치워버렸다면 인생에 무슨 즐거움이 있었겠는가. 나는 철학자는 아니지만, 어쩌면 인생의 의미는 일을 해 나가는 과정을 즐기는 데 있는 것인지도 모른다.

내가 내 이름으로 된 가게를 차리기로 마음먹은 것은 대학을 졸업하고 복장계에 투신한 지 4년 만의 일이었다.

반년 전, 오랫동안 위장병을 지병으로 앓고 있던 이용화 사장의 건강이 부쩍 쇠약해졌다. 무리한 사업 확장이 적잖은 스트레스로 작용한 것이다. 최근 몇 년 동안 가게 매출이 급격히 늘고 경기가 좋아지자, 사장은 지점 확장을 위해 부동산을 여러 개 매입했다. 물론 당시에는 이러한 투자가 무리하게 보이지 않을 정도로 모든 것이 순조로웠다. 곧이어 충무로 지점이 문을 열었고 사위 강윤식 씨가 맡아 운영했다. 그런데 이러한 투자로 운영 자금이 부족해지자 대부분의 양복점이 그러했듯 은행 대출을 넘어 사채까지 끌어다 쓰기 시작했다. 점차 가게 운영에 이러저러한 차질이 생겼다. 그렇지 않아도 위가 약한 분인데 안주도 없이 술을 마시면서 병세는 더욱 악화돼갔다.

"선생님, 감히 여쭐 말씀이 있습니다."

계속 보고만 있을 수 없었던 나는 어느 날 조심스럽게 말을 꺼냈다.

"말해보게나."

"제가 자세히는 모르지만 매번 나가는 사채 이자가 너무 많은 것 같습니다. 명동, 충무로 가게 그리고 남산동 집 중에 하나를 처분해 사채를 정리하셔야 되지 않겠습니까? 병환도 있으신데 이런 문제들로 병세가 더 깊어지지 않을까 염려됩니다."

나의 진심 어린 걱정에 사장은 고개를 끄덕이며 수긍했다.

"내 한번 고민해봄세. 염려해줘서 고마우이."

하지만 이튿날, 나는 때 아닌 날벼락을 맞았다.

"광수야, 네가 좀 배웠다고 나를 가르치려 들었냐? 사위 윤식이가 그러는데 아무 걱정 없다고 하더구나. 네가 잘 알지도 못하면서 괜히 날 걱정시켰다고 야단이더라고."

나로서는 너무 뜻밖의 반응이었다. 그런 말씀은 평소 이용화 선생답지 않은 어조였다. 선생은 간밤에 충무로 지점을 운영하는 사위에게 내 걱정을 전했던 모양이었다.

"그렇다면 저도 얼마나 다행이겠습니까. 알겠습니다. 다시는 거론하지 않겠습니다."

나는 분명하게 말했다. 그간 가게 운영에 관한 크고 작은 일을 항상 나와 상의해오던 사장이 그렇게 말씀하니 나로서는 섭섭한 마음을 감출 길이 없었다. 아무리 나를 아끼고 사랑해준 사장이지만 몸과 마음이 약해지면 역시 가족에게 더 의지하는 게 인지상정인가 보다. 이용화 선생의 병세가 악화되고 사위 강윤식 씨가 명동점 운영에도 본격적으로 관여하면서 직원들과의 이런저런 충돌이 잦아졌다. 결국 함께 일하던 동료가 먼저 양복점을 떠났다. 그다음은 내 차례였다. 그렇지 않아도 왕실 클럽 활동이나 장래 문제로 고민이 많았던 나도 이참에 독립을 결심하게 되었다. 언젠가는 내 사업체를 갖겠다는 꿈을 조금 앞당겨 실현하기로 마음먹은 것이다.

사보이 호텔 옆 옛날 중국집에서 선생과 마주 앉았다. 고량주를 마시며 마음의 고충을 털어놓으니 선생도 침울한 표정으로 말씀했다.

"내 자네를 아들처럼 아끼면서도 이렇듯 지키지 못하는 걸 보니 모두 다 내 부족함일세. 몸이 약해지니 마음도 약해지나 봄세. 자네를 위해서는 편히 보내줘야 하는데도 이렇듯 마음을 놓지 못하는 걸 보니 말일세. 자넨 꼭 성공할 수 있을 거야."

"그동안 어버이처럼 보살펴주셔서 정말 감사합니다."

"자네가 내 일을 너무 잘 도왔지 뭘. 자네도 내 사위가 되었다면 이런 이별은 없었을 텐데."

선생은 작은 따님과 내가 부부로 엮이기를 원했다. 하지만 남녀관계라는 게 서로 끌림이 있어야 하는 것이지 누가 부추긴다고 짝이 맺어지는 건 아니다. 『데미안』에 나오는 명언처럼 사랑이란 구걸하는 게 아니라 안으로부터 끌어당기는 힘이다.

"선생님, 모쪼록 건강 잘 돌보세요."

"자네도 대성하시게."

보내는 선생이나 떠나는 나나 섭섭하기는 마찬가지였다.

이렇듯 아쉬움 속에 선생과의 깊었던 인연의 고리를 풀었다. 이후로 나는 개업 준비로 바쁜 시간을 보냈다. 내 개업식만큼은 꼭 참석하고 싶다던 선생의 병환은 더욱 깊어져만 갔고 점차 나의 선친 병환과 동일한 위암 증세까지 보였다. 어떻게든 고쳐보겠다는 충심에서 서상국 원장과 상의 끝에 경북 안동 탑리에 있다는 유명한 한의사에게 두 번이나 찾아갔다. 첫 번째는 거절이었다. 두 번째 걸음에야 힘들게 그분을 모시고 올라왔지만 너무 늦었다는 말만 들었다. 약과 주사와 쑥뜸을 받을 기력조차 없다는 것이었다. 눈앞이 캄캄했다. 아버지 일을 당한 것처럼 눈시울이 붉어졌다. 결국 눈물을 머금고 의원을 돌려보내야만 했다.

내 가게 '찰스 김 테일러'

그해 2월, 나는 명동 챔피언 다방 2층에 찰스 김 테일러를 열고 조촐한 개업식을 치렀다. 챔피언 다방은 그 유명한 권투선수 김기수 세계 챔피언이 운영하던 명소였다. 퇴계로와 충무로 네거리 명동 초입에 위치한 아주 좋은 길목이었다. 야심만만하던 나는 찰스 김 테일러를 기반으로 하여 5년 후인 1975년까지 자수성가하겠다는 각오로 전화번호도 1975번으로 정했다. 그때는 그런 데에 큰 의미를 두던 시절이었다.

유감스럽게도 병석에 누워 있던 이용화 선생은 개업식에 참석하지 못했다. 나보다 선생의 마음이 더 아쉬웠을 것이다.

보통 1층에 쇼윈도를 갖고 있는 여느 양복점들과 달리 찰스 김 테일러는 2층에 있었다. 명동 계성여고 정문 위쪽 챔피언 다방 바로 위층이었다. 1층에 들어가기엔 적잖은 자금이 필요했고 당시 내 자금 사정으로는 그럴 형편이 안 됐다. 이렇게 어쩔 수 없는 면도 있었지만 평소 이용화 선생의 말씀이 내게 큰 소신으로 작용했다.

"앞으로는 1층에 쇼윈도 하나 멋지게 꾸며놓은 걸로 과시하고 만족해하며 실속 없는 장사를 해서는 안 되네. 2층이건 3층이건 다른 집과는 차별화된 특색을 갖추고 고객에게 실력으로 어필해야 해. 부단히 노력하고 연구하는 사람에게는 그 누구도 당해내지 못해. 처한 입장에서 최선을 다하면서 스스로의 능력을 시험하기를 주저하지 마시게나."

내게 프로 근성을 가르쳐준 금과옥조 같은 말씀이었다. 존경하는 선생의 그 말씀은 어떤 선물보다도 값진 것이었다.

그간 나를 믿고 일을 맡겨준 많은 지인들이 개업식에 참석했다. 특히 이용화 사장의 부인이 대신 방문해 응접세트와 거울을 선물로 마련해주었다. 그 외에도 클럽 왕실 회원들과 이기봉 선생을 포함한 업계 선배들 그리고 각별한 인연을 맺은 고객들이 조촐한 개업식 자리를 빛내주었다.

"재단사 기능검정시험 보라고 그렇게 권해도 말을 안 듣더니만 자네가 결국 일을 내는구면. 내 자네를 일찍이 알아보기는 했지만 이렇게 빨리 명동 양복점 주인이 될 줄은 몰랐네. 그럼 이 정도는 돼야지."

서상국 원장이었다. 서 원장은 내게 늘 기능검정시험(재단사 자격증) 보기를 권했다. 당시 서상국 원장은 이 시험의 감독관이었다. 물론 그런 자리를 이용해 내게 특별한 혜택을 주겠다는 말씀은 아니었다. 기왕 업계에 들어섰고 머리도 있는데 몇 시간 강습만 받으면 딸 수 있는 자격증을 왜 따지 않느냐는 거였다. 각자만 들고 오면 되니까 만약을 대비해서 이참에 자격증을 따놓으라는 권고였다. 하지만 나는 정중히 거절했다. 무언가에 빠져

들면 모든 것을 쏟아 부으며 다른 것을 돌보지 않는 내 성격에 재단이란 일에 빠져들었다 예전부터 꿈꿔온 큰 그림을 놓치지는 않을까 두려웠던 것이다.

직원은 재단사 한 명과 영업 직원 두 명이었다. 공간도 작았지만 하나의 사업체를 운영한다는 것은 겉보기와 달리 아주 복잡하고 힘들었다. 이용화 사장 밑에서 영업사원 겸 모델 겸 데생 디자인까지 멀티플레이어가 돼서 많은 일을 두루 경험하고 노하우를 습득했지만, 가게의 큰 그림까지 책임져야 하는 운영자의 입장은 또 다른 것이었다.

당시 양복점들은 각자가 봉제실을 두고 운영했다. 나 또한 그렇게 시작하고 보니 24시간 풀가동하는 것도 아닌데 이렇듯 업체마다 일정 공간을 만들어 방마다 불을 켜고 사용하는 게 비효율적이라 여겨졌다. 나는 두세 곳 양복점이 한 장소를 물색해 그곳에 자신의 봉제사를 두고 장소는 공유하며 전담 작업할 것을 제안했다. 처음에는 번거롭게 생각하며 꺼리던 업체들이 점차 이 작업의 효율성에 공감하며 호응했다.

내 사업체를 운영하며 동시에 복장계 전체의 이익을 도모한다는 자부심과 설렘은 그 어떤 난관도 뚫고 나갈 수 있을 것 같은 힘을 샘솟게 했다. 고된 시간도 꿀맛 같았다. 더욱이 왕실 클럽 소속 모델들이 아무런 부담 없이 마음껏 드나들 수 있는 모임 장소가 만들어졌다는 생각에 흡족했다.

내가 바라는 찰스 김 테일러는 양복을 짓는 가게가 아닌, 옷을 이야기하는 공간이었다. 쇼윈도마다 얼굴 없는 상반신의 플라스틱 마네킹에 입혀진 비싸고 화려한 옷에 대한 이야기가 아니라, 살아 숨 쉬고 걸어 다니며 각자의 개성과 열정을 품은 가슴 뜨거운 사람이 입는 그런 옷에 대한 이야기였다.

충무로, 테일러 스트리트

양복을 만들 때는 20여 가지의 신체 치수를 잰다. 그런데 그 신체 치수가 같은 사람은 이 세상에 단 한 명도 없다. 마치 일란성 쌍둥이를 제외하고는 유전자가 완벽하게 일치하는 사람이 없는 것처럼 말이다. 이렇듯 서로 다른 체형과 치수의 사람에게 당대에 유행하는 몇 가지 디자인 가운데 하나를 일괄적으로 골라 입히다 보면 오히려 양복이 감옥이 될 수도 있다. 그것은 양복장이의 기본을 손상하는 몰지각한 행위다. 양복은 집을 짓는 것과 마찬가지로 모든 정성을 들여야 한다. 양복은 원칙적으로 인체를 주체로 한 입체적, 조각적, 구성적인 조형미로 만들어지기 때문이다.

고객 개개인의 신체나 취향에 어울리는 디자인으로 재창조하기 위해서는 인내심을 갖고 고객과 대화하고 연구하는 자세가 필요했다. 단지 양복뿐만이 아니라 와이셔츠나 넥타이, 구두까지도 모두 조화시키는 토털 패션을 제안할 수 있어야 했고, 지나치게 유행에 민감한 스타일보다는 언제 입어도 부담 없는 호흡이 긴 옷차림을 권함으로써 고객보다 한 발 앞서 고객의 입장을 보호해야 했다. 이렇듯 진정한 양복장이란 옷을 입을 줄 모르는 사람조차 옷을 잘 입는 사람으로 보이게 만드는 것이었다.

1960년대의 충무로는 눈에 띄게 발전한 영화 산업의 붐을 타고 물밀듯이 생겨난 영화사들로 넘쳐났다. 미용실에서 고데한 머리를 뽐내는 배우 지망생들이 거리를 가득 활보했고, 이들을 통해 새로운 유행과 패션이 선보였다. 전국에서 몰려온 선남선녀들로 붐비는 이곳에 '테일러 스트리트'라는 거리가 있었다. 일제강점기에 일본인 양복점의 중심지였던 곳이 광복 이후 한국 상인들로 교체되면서 여전히 양복 문화의 중심지로 남게 된 것이다. 아니, 오히려 충무로 영화의 붐을 타고 종로와 나란히 선망의 거리라는 이미지로 더욱 확고히 자리 잡게 되었다. 마치 각종 매니지먼트사가 난립한 지금의 논현동과 이에 근접한 압구정동 로데오거리, 가로수 길이 찰떡궁합이듯이 말이다.

당시 양복 한 벌 가격은 2만 원 내외로 웬만한 회사원 한 달 봉급에 맞먹는 적잖은 금액이었다. 그렇다 보니 '오늘 가봉하러 간다'는 말이 한때 '해외에 나간다'는 말처럼 부를 상징하는 유행어가 되었고, 사람들은 이를 자기 과시의 수단으로 사용했다. 특히 양복을 맞추러 종로나 충무로로 가느냐 아니면 변두리로 가느냐는 사회적 수준을 가르는 엄청난 기준점이 되기도 했다. 복장계 현대사에서 빼놓을 수 없는 인물인 공석붕(전 국제양모사무국 한국사무소 소장, 한국 패션협회 회장 역임) 회장도 1955년에 대학을 나와 처음으로 양복 한 벌을 맞춰 입은 곳이 종로 상의원이었다고 한다.

07

찰스 김 테일러

당시 양복 한 벌 가격은 2만 원 내외로 웬만한 회사원 한 달 봉급에 맞먹는 적잖은
금액이었다

1970-챔피언
다방 2층

1970-챔피언 다방 2층

10평 남짓한 찰스 김 테일러는 연일 명사들로 넘쳐났다. 왕실 클럽 멤버들, 영화배우, 정치인, 청년 실업가나 예비 재벌 등 유명 인사들로 문전성시를 이루면서 주변의 부러움을 샀다. 특히 영화 제작자 김태수, 삼학소주 차남 김승환 씨 등은 가족 같은 단골들로 오랫동안 깊은 인연을 맺었다.

한번은 태창영화사를 운영하던 김태수 사장이 국내에서는 보기 드문 밝은 베이지색 코듀로이 양복을 가지고 양복점을 찾았다.

"김 사장, 내가 미국에 출장 갔다가 사온 최신 유행 양복인데, 어때요?"

"와, 정말 멋지네요. 아주 고가 양복이로군요."

내 반응에 김태수 씨가 환하게 웃는다.

"그래? 그럼 김 사장이 입을래요? 내가 선물로 줄게요. 외국에 있을 때는 입을 수 있을 것 같았는데 막상 우리나라에 가지고 와보니 너무 야해서 도저히 못 입겠어. 멋쟁이 옷은 아무나 입는 게 아냐. 김 사장처럼 옷걸이가 좋아야지."

그는 값비싼 옷을 제대로 한번 입어보지도 못하고 내게 넘겼다. 나는 두고두고 아주 잘 입었다. 그리고 훗날 나는 집안 어른께 전해드렸다.

답례로 나는 다른 양복을 한 벌 만들어 주었다. 김태수 사장은 양복 티켓 몇 십 장을 미리 가져가 사업상 선물로 이용했고, 이는 우리 가게 영업에서 큰 비중을 차지했다. 다만 그 대금이 후지급되었기에 태창영화사의 개봉 영화 흥행 성공 여부에 따라 희비가 갈리기도 했다. 이번 영화가 성공하지 못하면 다음 영화 성공 때까지 묵묵히 기다려야 하는 여유도 필요했다.

내게 정·재계 소장 인사들을 가장 많이 소개해준 사람은 삼학소주 둘째 김승환 씨다. 자기와 가까운 친구는 물론, 경찰청 고위 간부인 매형 박만영 씨를 소개하여 그분의 도움을 많이 받았음을 잊을 수가 없다. 특히 친구가 된 김승환 씨는 언제나 현찰로 필요한 티켓을 구매해갔고 도움을 주려는 인연으로 우리 가게 경영의 일등공신이 되었다.

내 가게는 단지 돈을 버는 사업장이 아니었다. 내가 바라던 열린 공간답게 바쁘다는 핑계로 그간 잊고 지내던 많은 이들과의 인연을 다시 이어준 곳이기도 했다. 그중 하나가 중학교 동창생이었던 화가, 일랑 이종상이다. 그는 우리가 사용하는 5000원권, 5만 원권 화폐 영정을 그린 화가로도 유명하다. 화가가 꿈이었던 나는 그와 학창 시절부터 절친한 관계였다. 당시 서울예고 교사로 일하던 그가 우리 가게에 놀러 왔다. 그는 중국집 동해루 앞 천주교 교육관에 근무하던 제자 하나를 데려와 나에게 소개했다. 이 순진한 교직자 둘은 멋쟁이 모델들이 회장님, 회장님 하고 나를 부르며 분주하게 돌아가는 양복점 분위기에 놀랐는지 그 모습에 멍하니 넋을 놓고 앉아 있었다.

그때 꽤 유명한 젊은 여배우가 내 가게를 찾아왔다.

"선생님, 전에 전화로 말씀드렸듯 전 모델도 겸하고 싶어요."

그 여배우는 얼굴이 정말 예뻤다.

"힘듭니다! 예쁘지만 모델이 될 몸이 아닙니다."

나는 일언지하에 거절했다. 옆에 앉아 있던 일랑이 평소 내 성정답지 않다는 듯 놀라는 표정을 지었다. 여배우가 고개를 떨어뜨리고 나가자 일랑이 물었다.

"광수, 단칼에 베어내듯 안 된다고 하는 이유가 뭐야?"

"일랑, 내가 생각하는 기본이 있지. 이 계통 룰도 있고. 하려고 하는 사람은 많지만 고르기가 그리 쉽지 않아. 방금 그 배우처럼 얼굴만 예뻐도 안 되고 소양과 몸매가 받쳐줘야 해."

Charles Kim Tailor

─ 남성 紳士服 싸롱 출현 ──

Charles Kim (Kim Kwang &u 30), a promising designer, open-ed "Charles Kim Tailor" at Myong—Dong, down town in Seoul. His dexterity and new mode is popular with gentlemen, and the business is brisk day by day.

ソウル明洞停星女高正門南側にある「チャンピオン」ティールームの二階にこじんまりと構えている洋服界の新星「チャールズ・キムテラー」を經營している主人公金先秀氏(30才)は人相学、美学にデザインを調和させ顧客の個性と時代感覚を生かした洋服を誂えてやるので人気がある。渡日韓国で初めて組織された「韓国男性ファッションモデル・グループ」の会長兼大韓服装技術協会モデル分科委員長を勤めているエリアトだからその将来が頼もしい。

　세계의 뉴―욕이라 일컫는 한국 서울 명동에, 멋을 담은 유행의 신사복이 봄빛처럼 화려하다. 여기 서울에 ── 새로 등장한 찰스 김텔러의 독특한 디자인과 기술을 잠시 피력해 본다.

　젊은 "엘리뜨"라 불리우는 찰스 김은 서울 S대학 경제과 출신인 학사로써 전공과는 달리 ── 자신이 직접 디자인과 인상학미학을 연구하면서 ── 품위에 조화시켜 찾아오는 고객의 개성과 시대감각에 호흡할 수 있는 양복을 선택케하는 보기드문 화제의 주인공이다. 이 찰스 김의 본명은 김 광수(金光秀 30세)씨,격조 높은 미에 중점을 두어 독특한 뎃상을 지향 ── 또한 찰스 김은한국 최초로 조직된 한국 남성 핸손 모델 그룹(王室) 회장겸 모델분과 위원장(사단법인 대한복장기술협회)직을 맡고있다. 그는 수년간 이용화 양복점에서 경험을 쌓고 현재 계성여고 정문 윗편, 참피온다방 이층에서 아담한 찰스 김텔러 싸롱을 경영하고있다.

찰스 김텔러 **28/1975**

1975년 찰스 김 테일러 홍보 팸플릿

"하하, 그런가? 자넨 말일세. 미술을 전공하지 않고 경제학 공부를 하고 패션업계로 온 것이 오히려 잘된 일 같군."

중학교 시절 함께 화가의 꿈을 키웠던 일랑이 지금 내가 하는 일을 인정해주고 있었다.

"그런가! 일랑, 우리 점심식사 하러 가세!"

우리는 멀지 않은 명동칼국수 집으로 향했다. 한창 점심시간이어서 기다리는 줄이 길게 늘어서 있었다.

"이보게 광수, 이 집 참 바쁘네. 명동은 참말 사람 사는 곳 같아. 아닌 게 아니라 칼국숫집 하나에 이렇게 사람이 넘쳐나다니."

서울에 살면서도 명동의 참맛은 경험하지 못한 일랑이 연방 입을 다물지 못한다. 사실 이 집에 손님이 넘쳐나는 데는 내 역할도 적잖았다. 그전에 유명한 양장점을 운영하는 서수연 선생과 유명 일간지 문화부 기자를 이곳에 데려와 대접한 적이 있었다. 칼국수 맛이 어찌나 좋았는지 그 기자는 신문의 맛 자랑 코너에 대문짝만 하게 이 집을 소개했고, 그 뒤로 이 가게는 넘쳐나는 손님으로 문전성시를 이루게 되었다. 인연은 새로운 인연을 불러들이고 또한 화복을 불러들인다. 복을 짓느냐, 화를 입느냐는 참 알 수 없는 노릇이다. 전혀 뜻하지 않은 방향으로 흘러가기 때문이다.

정신없이 바쁜 나날이었다. 매주 토요일에는 왕실 클럽 회원들이 모여 경험담을 털어놓고 상호 정보를 교환했다. 회장인 나는 다양한 매체를 통해 우리 회원들을 소개했다. 주로 신문이나 잡지에 의복과 관련해 인터뷰를 하고 칼럼을 쓰면서도 그들에 관한 이야기를 빼놓지 않았다.

『여성동아』 1970년 10월호 「한국 남성에 맞는 양복 모양」, 『선데이 서울』 「여자들에게 친절한 미남들은 모여라」, 『주간경향』 「어느 모임」, 『여성중앙』 「여성만 모델이냐」 등 많은 신문과 잡지에 골고루 소개되었다. 가게 운영에 주력하면서 이처럼 왕실 클럽 회원들의 활동 영역을 넓히기 위한 노력 또한 다각도로 기울였다. 하지만 막상 모델들에게 수입이 창출되는 일로는 연결되지 않는 것이 문제였다.

개업한 지 얼마 지나지 않아 나는 이용수 복련 회장의 추천으로 단위조합 가운데서는 가장 크고 유력했던 명동조합의 조합장이라는 중책을 맡게 되었다. 충무로를 포함한 명동조합은 125개의 점포를 거느리고 있었다. 조합원의 권익과 친목을 도모하는 일이라 가게 운영만큼이나 중요한 일이었다. 명동조합장 경험은 이후로 내가 내 개인 사업보다 복장계의 공식적인 일에 더 심혈을 기울이는 계기가 되었다.

1970-스타일 한국 디벨롭 라인 패션쇼

1970년대 초반은 나라 경제가 불황의 늪에서 허우적거리던 시절이었다. 복지회사도, 도매시장도 심각한 불황을 어떻게 극복해낼 수 있을까 고민할 때였다.

1970년 7월, 대한복장기술협회는 1970년대를 맞는 새로운 발상으로 '스타일 한국 디벨롭 라인'을 제정했다. 협회가 주관하는 최초의 공식행사였다. 디벨롭 라인(Develope Line)은 말 그대로 개척하여 발전시킨다는 뜻이다. 어느덧 서양의 신사복이 남성의 일상복이 되어가고 있는 시점에서 한국의 고유미와 전통미를 되살려 한국 남성의 멋과 품위를 복장에 불어넣는 방법을 연구, 개발하자는 취지로 다음과 같은 기준안을 마련했다.

첫째, 국제적인 보편성을 강조한다.
둘째, 한국적인 선을 살린 독특한 전통미를 재창조한다.
셋째, 지나친 전통성이나 보수성을 벗어나 30~40대 기준의 안정적인 '대표 스타일'과 20대 젊은 층 기준의 발랄한 '영 스타일'로 구별한다.
넷째, 상의 길이, 깃 넓이, 허리선, 바지통 등 기본 치수를 제시한다.

'스타일 한국 제정위원'으로는 이성우, 모선기, 임상호, 김용환, 서상국, 이기봉, 최복환, 강윤식, 서광국, 이순신, 장진 등 같은 협회 임원과 하원재 그리고 당시 모델분과위원장을 맡고 있던 내가 위촉되었다.

8월 6일 태평로 건설회관 6층에서 '스타일 한국 디벨롭 라인 패션쇼'가 성대히 열렸다. 이는 한국의 공식 기관에서 한국적인 스타일의 남성복을 선보인 대한민국 최초의 패션쇼였다.

이 패션쇼는 그 역할이 미미해서 고전을 면치 못하던 클럽 왕실 멤버들에게도 뜻 깊은 행사가 되었다. 협회의 장창빈 사무국장과 내가 적극 추진해서 클럽 멤버들을 전원 노 개런티로 참여시켰다. 비록 무보수로 봉사하는 무대였지만 전문 모델의 공식 행사 참여라는 테이프를 끊는 중요한 계기가 되었다.

제정 작품 24점과 찬조 출품 13점 등 총 37작품이 출품되었다. 장창빈 사무국장의 제의로 나는 이 패션쇼의 진행과 연출을 맡았다. 또한 서상국 원장과 공동으로 작품 해설도 맡았고, 행사 전체 스케줄과 진행, 아나운서 및 가수 그리고 사회자 선정 교섭, 모델 배치 등 많은 부분을 담당했다.

운영비 절감을 위해 〈노란 샤쓰의 사나이〉로 유명한 가수 한명숙을 포함한 두 명의 초대 가수에게 노래를 부르는 대가로 양복지 한 벌씩을 전달하기도 했다. 모두 호랑이 담배 피우던 시절의 일이 아닐까 싶다. 패션쇼를 위한 무대의상은 협회가 섭외한 모직회사들에서 협찬을 받아 회원들에게 제공함으로써 최소한의 비용을 들여 양복을 제작, 참여케 하였다. TBC TV 방영, 최저

예산 집행 등 나름대로 성공한 행사로 평가받았다.

'디벨롭 라인'은 1975년부터는 그 이름이 '청자선'으로 바뀌었는데, 이는 청자의 곡선을 도입하여 한국적인 미를 표현하고자 하는 의지의 표현이었다. 지금은 '한국 남성 패션 컬렉션 및 베스트 드레서 시상식'으로 바뀌었고 2009년 9월 행사는 어언 제37회에 이르렀다.

한편 내 가게 찰스 김 테일러는 날로 번창했다. 정말이지 은행장 부럽지 않은 명동 양복점 사장이 된 것이다. 날로 늘어가는 클럽 왕실 회원과 많은 고객들을 수용하기에는 챔피언 다방 2층이 너무 비좁았다. 결국 개점 1년 만에 건너편 건물 1층 대형 매장으로 확장 이전을 하게 되었다. 공간 여유가 있어서 매장 한쪽을 와이셔츠 가게를 만들어 사촌동생에게 맡겼다. 그리고 얼마 후 사촌동생에겐 재단 수업을 받게 하고 가게는 남에게 실비로 세놓아 비용을 절감하기로 했다. 그 번화한 명동 요지에 떡하니 번듯한 내 가게를 갖고 보니 감회가 새로웠다. 어렵게 상경하여 대학을 마치고 전공과 다른 길로 접어들어서 이만한 성공을 이뤄냈으니 스스로 생각해도 대견스러웠다. 몇 년 전에 세상을 뜬 아버지가 살아 있었으면 얼마나 뿌듯했을까.

1960년대 우리나라의 패션이란 유럽의 유행이 미국과 일본을 거쳐 들어오는 것이 대부분이었다. 지금이야 실시간 정보 공유가 가능한 네트워크 시대이지만 당시에는 유럽의 패션이 태평양을 건너 일본에 전해지는 데 꼬박 1년이 걸렸고, 또다시 한국에 전해지는 데 1년이 걸렸다. 더욱이 세계적인 패션이라는 게 소비가 많은 발전한 나라를 대상으로 만들어지다 보니 그들의 문화와 기후 조건이 많이 반영되었다. 이제 막 전쟁의 상흔에서 벗어나기 시작한 후진국 한국에 그대로 받아들이기에는 적잖은 모순이 따랐다. 그들의 재킷 칼라가 넓어지면 우리도 덩달아 넓어졌고, 그들의 바지 허리선이 높아지면 우리도 덩달아 높아졌다. 서양인들은 특별한 예식 외에는 자유로이 자기 개성을 표현하는 데 익숙하다. 반면 한국인은 같은 디자인의 검은색이나 감색 양복을 유니폼처럼 입고 다녀 외국에서도 한눈에 그들이 한국인임을 알 수 있었다.

복장은 그 시대의 문화와 국민 생활수준을 말해주는 바로미터다. 문화와 체형이 다른 서양의 패션을 무조건 따라가기보다는 우리 과거의 복식 문화를 재해석하여 새로운 유행과 조화를 이루는 우리만의 복식 문화를 만들어가는 것이 시급했다.

한국 남성에게 맞는 양복 모양

동양인과 서양인의 체형

서양인은 키가 크고 균형이 잡힌 팔등신이다. 보통 얼굴 모양이 길고 좁기 때문에 어깨가 좁고 쓰리버튼을 간격 있게 달아 입는 것이 무난하다. 그래서 아이비 스타일, 즉 어깨가 좁고 저고리 길이가 긴 모양에 프론트다트(front dart, 허리줄임)가 거의 없는 박스형이 대체로 어울린다.

한국 사람은 서양 사람에 비해서 키가 작고 머리가 큰 7등신이다. 대개 어깨 넓이에 비해 얼굴 모양이 둥글고 크기 때문에 박스형처럼 어깨를 좁게 하고 단추를 많이 달며 허리선을 넣지 않은 양복을 입으면 채신머리가 없어 보일뿐더러 더욱 키가 작아 보인다.

그러므로 자신의 체격과 인상에 맞게 옷을 조화시켜 입을 요령이 필요하다. 예를 들어 얼굴이 크고 둥근 사람은 라펠을 짧게 하고 쓰리버튼을 달아 입는다면 얼굴 모양이 더욱 둥글고 답답해 보인다. 이럴 때는 허리선을 약간 높고 강하게 하고 투버튼을 달고 라펠을 길고 좁게 디자인하면 훨씬 시원해 보이며 둥근 얼굴이 보완된다. 얼굴 모양이 길고 키가 큰 사람은 서양 사람처럼 V존을 높고 짧게 하고 어깨를 좁게 디자인해 입어야 밸런스가 맞게 된다.

○표를 한 것이 한국인 체형에 맞는 스타일

　이렇게 가로 세로 비율을 조정하는 것은 양복의 경우에서만 아니라 건축에서도 널리 통용되고 있다. 안정된 분위기를 내야 하는 다방이나 연회실은 가로선으로, 교회나 사원처럼 엄숙하고 경건한 분위기를 내야 할 곳은 세로선으로 실내장식을 하는 법이다. 사람이 입는 옷도 이렇게 폭과 길이를 효과적으로 설정하면 그 옷을 입은 이의 체격을 보완할 수 있다.

한국 남성에게 맞는 양복의 기본형

　한국 남성에게 맞는 양복의 디자인은 다음과 같이 몇 가지 특징을 갖고 있다.

　1) 어깨선은 직선으로 한다.

상의 모양의 비교
한국 남성은 7등신이므로 왼쪽 스타일이
잘 맞는다

V존 (V-zone)의 비교
선의 길이가 짧은 것보다 약간 길어야 날
씬해 보인다

**얼굴 형에 따른 와이셔츠 깃 모양과 타이
매는 모양의 비교**
얼굴이 둥근 사람은 길게 얼굴이 긴 사람
은 짧게 한다

2) 저고리 길이는 총 길이의 반으로 한다.

3) 한국 남성에게는 박스형이 맞지 않으므로 허리선은 저고리 길이의 반보다 2~5cm 위로 하여 아래를 길게 한다.

4) 첫 단추의 선은 허리선에 둔다.

5) 라펠의 넓이는 3.2인치 정도로 한다.

6) 저고리 아래트기는 뒤트기나 옆트기 어디든지 저고리 길이의 3분의 1 정도로 한다.

이와 같은 기준에 따라서 옷을 입으면 7등신인 한국 남성도 퍽 날씬하게 보일 수 있다.

그 외에 예복을 제외한 평상복에는 주로 '노치드 라펠(notched lapel)'을 하고 있으나 유순하고 조용한 인상을 가진 사람은 '세미 피크트'나 '피크트 라펠'을 해야 강하고 동적인 이미지가 더해져 보완이 된다. 이와 반대로 강하고 우악스러운 인상의 소유자는 좀 더 부드러운 느낌을 살리는 디자인으로 옷을 맞춰야 한다.

양복의 색상도 다양하게 자신의 혈색과 피부에 맞게 선택해야 개성 있는 옷차림이 된다.

-『여성동아』, 1970년 10월호 김광수 글

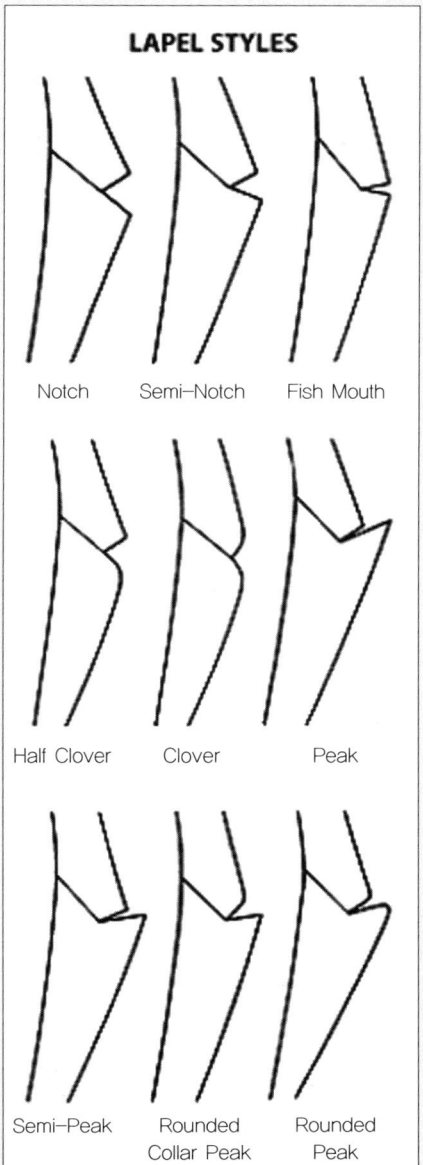

LAPEL STYLES

Notch	Semi-Notch	Fish Mouth
Half Clover	Clover	Peak
Semi-Peak	Rounded Collar Peak	Rounded Peak

라펠의 종류

08

새마을 운동

〈새마을 노래〉가 온 나라에 울려 퍼지던 이때, 섬유업계의 호황은
복장계에도 새로운 활력을 불어넣었다

1971-이용화 선생을 떠나보내고

1971−이용화 선생을 떠나보내고

찰스 김 테일러를 열고 얼마 뒤, 나는 바쁜 와중에 문득 선생이 그리웠다. 밤 10시, 늦은 퇴근길에 혜화동 고려대 병원에 입원 중인 선생을 찾아뵈었다. 조용한 병실엔 조카 경호만이 선생 곁을 지키고 있었다.

"어서 오시게."

옆으로 돌아누워 있던 선생이 초췌해진 얼굴로 날 맞았다. 의사 말로는 오래 못 살 거라고 한다.

바쁜 업무로 이제야 찾아뵙는 것이 송구스러웠다. 낯을 들 수가 없었지만 선생은 아들을 감싸는 부모처럼 너그러운 미소를 건넸다. 그러고는 화제를 곧바로 내 가게로 돌렸다.

"잘했어, 참 잘했어! 자네는 머리가 좋고 성실하니 잘해 나갈 거야."

대한민국 최고의 양복점을 운영하는 경영주로서 직원의 고충이나 사고방식을 누구보다 잘 이해하고 배려해주던 선생이다. 수많은 시련과 곡절을 자신과 함께한 이들을 끌어안고 묵묵히 헤쳐온 선생, 평소에는 그렇게도 과묵한 분이지만 약주만 들어가면 마음 깊숙이 묻어둔 말씀을 총총히 풀어내던 선생, 머리가 명석하고 기억력이 특출하며 바른 말씀 하기를 주저하지 않던 조백 있는 성정이라 스스로에게는 단 한순간도 만족을 몰랐던 선생이다. 술을 멀리하는 와병 중에도 나를 불러 앉혀두고 "술은 따라주는 술이라야 진짜지"라고 말씀하며 애써 내 술잔을 채워주는데 그 모습이 '남자는 술을 마실 줄 알아야 한다'며 내게 처음 술을 가르쳐주던 아버지와 어찌도 그리 꼭 같아 보이는지, 그런 선생의 모습에 남몰래 눈물짓기도 했다.

선생은 천생 장인이었다. 병마에 시달리면서도 병원에서 양복 제도를 연구하고 묵입(墨入)*으로 그림을 그린 철저한 기술인이요, 예술가였다. 그런 선생을 찰스 김 테일러의 탄생과 맞바꾸기라도 하듯 하필 이런 순간에 떠나보내야 했기에 선생을 뵐 때마다 마음이 무척이나 쓸쓸했다.

전선복장연구회(이후 대한복장연구회) 초대 회장이자 양복업계 최고 원로인 유택 선생이 있고, 그분의 제자가 바로 이용화 선생

---

* 양복 상의를 붓으로 섬세하게 제도하는 일.

이었다. 그 뒤를 이성우 선생이 이었다. 1969년 대한복장연구회가 사단법인으로 발족하면서 대한복장기술협회*가 되며, 이 세 분이 차례로 협회 회장직을 역임했다. 이용화 선생이 기협 2대 회장으로 재직할 당시 선생 덕분에 나도 1968년부터 2년간 모델분과위원회 위원장으로 활동하며 패션업계에서 입지를 다져 나갈 수 있었다

"많이 힘들지. 본래 그 자리가 그런 거야. 몸피가 부푼 만큼 책임도 커지지. 그리고 마지막에는 다시 남은 사람들에게 다 떼어주고 이렇게 뼈다귀만 앙상해져서 가는 거야. 모쪼록 오랫동안 남을 일을 하게나. 자신이 지금 하는 일이 작고 초라해 보여도 남겨진 것들이 불씨처럼 살아남아 누구든 다시 불붙일 수 있는 일이라면 포기하지 말아야 해. 그래야 인류가 발전할 수 있는 거지."

복장계의 아버지, 영원한 예술혼을 지닌 나의 선생은 기운 없는 목소리로 마지막까지 나를 격려했다.

"빨리 쾌차하셔서 저희를 더 이끄셔야죠."

나는 붉어지는 눈시울을 애써 감추며 말했다.

"자네 가게에나 한번 가봐야 할 텐데……."

---

* 현재의 한국남성패션문화협회. 전선복장연구회, 대한복장연구회, 사단법인 대한복장기술협회, 한국복장기술경영협회 순서로 이름이 바뀌었다.

한국 복장계의 선구자이자 좌표였던 선생은 끝내 제자의 가게에 와보지 못했다. 수많은 제자들을 업계의 주역으로 배출한 큰스승 이용화 선생은 내게 묵입 제도 마지막 작품을 선물로 건네고는 2월 21일 세상을 떠나고 말았다.

선생이 세상을 떠난 뒤 더욱 씁쓸한 후일담들이 전해졌다. 경영난으로 압박을 받아온 가족들이 남산동 집을 팔고 돈암동으로 이사를 했단다. 그런 와중에 충무로 4층집이 남에게 넘어갔고 겨우 제주도에 땅 한 자리 사놓고 마음을 달랬단다. 하지만 오래지 않아 마지막까지 남아 있던 이용화양복점도 결국 명동의 뒤안길로 사라지고 말았다. 그전에 사위가 공격적 경영을 할 때 사채를 줄이자고 했던 제자의 말을 들었더라면 한국 복장계의 산실 이용화양복점은 좀 더 오래 남았을 텐데, 하는 생각을 해본다.

선생이 세상을 뜬 뒤 남은 유족들에게 작은 마음의 선물이라도 하나 건네고 싶었다. 친분이 있는 유명 화가에게 부탁해 선생의 초상화를 하나 만들었다. 큼지막한 액자에 넣어서 미망인에게 직접 갖다드렸다.

그 후 1988년 제일모직과 회원들의 후원으로 협회가 충무로 회관으로 이전을 했다. 협회의 부회장직을 맡게 된 나는 새 건물 이전을 기념하는 행사에 참석했다. 그런데 역대 회장들의 사진이 걸려 있는 벽에서 이용화 선생의 낯익은 얼굴을 발견했다. 내가 가족들에게 선물한 바로 그 초상화였다. 왈칵 눈물이 솟고 감회가 새로웠다.

1972-새마을 운동 농어민 간소복 발표회

1972년 3월 20일, 서울운동장에서 주월 파병 한국군 사령관 이세호 장군의 화려한 개선 환영식이 있었다. 5월 30일 오후 7시, 여의도 5·16민족광장에서는 빌리 그레이엄 목사가 한국 기독교 사상 초유의 40만 교인을 모아놓고 복음 선교 대회를 가졌다. 6월 5일에는 어린이대공원이 개원했고, 8일에는 어버이날이 제정됐다. 11월 14일에는 1970년 경부, 호남고속도로에 이어 호남-남해고속도로가 개통되었다.

1960년대에 극심한 빈곤을 해결하고자 시작된 경제개발 5개년 계획은 국가 경제 전반에 걸쳐 엄청난 변화를 몰고 오기 시작했다. 특히 제2차 경제개발(1967~1971)은 섬유공업과 경공업 발전의 고도성장을 주도하며 섬유업계에서도 다양한 연구 개발을 통한 제품의 고급화가 이루어졌다. 1970년, 이런 경제 근대화 정책을 농어촌에까지 확대하고자 실시한 운동이 바로 새마을운동이다.

"새벽종이 울렸네! 새아침이 밝았네! 우리 모두 일어나 새마을을 가꾸세……"라는 〈새마을 노래〉가 온 나라에 울려 퍼지던 이때, 섬유업계의 호황은 복장계에도 새로운 활력을 불어넣었다.

나는 새마을운동과 관련하여 평소에 생각해오던 생각이 있었다. 농어민들의 복장에 관한 것이었다. 농경지가 정리되고, 농수

산물 유통 구조가 개선되고, 마을 곳곳에 전기가 들어오고 있었지만, 그들은 여전히 불편한 한복 바지저고리를 걷어 올린 채 농사를 짓고 있었다. 비활동적이고 불편하기 짝이 없는 재래식 농어민 복장을 보다 경제적이면서도 손쉽게 만들어 보급하는 방안은 없을까?

이에 맞는 디자인과 소재를 생각하던 중 평소 가까이 지내던 유명 양장점 이미원 씨와 아이디어를 모아 좀 더 구체적인 방안을 모색했다. 간소복이 지향하는 목표는 다음과 같았다.

1. 경제적이며 실용적이어야 한다.
2. 만들기 쉬워야 한다.
3. 빨기 쉽고 잘 말라야 한다.

뜻이 모아지자 일사천리로 다음 일들을 진행시켰다. 우선 나와 이미원 씨를 포함한 세 명의 디자이너가 바쁜 시간을 쪼개가며 3개월에 걸쳐 총 44벌의 남녀 간소복을 만들었다. 옷을 입고 무대에서 선보일 남녀 모델은 클럽 왕실과 여성 모델 클럽 '스루' 두 단체의 회원들을 참여토록 했다. 스루는 언론인 문정숙 씨가 회장을 맡고 있었다.

한국일보의 후원을 받아 1972년 8월, 수원 시민회관에서 '새마을운동 농어민 간소복 발표회'를 가졌다. 사회는 이창호 아나운서가 보았고 나는 진행을 맡았다. 심사위원으로는 김교옥(건국

새마을운동 농어민 간소복 발표회. 이창호 아나운서(왼쪽), 김광수 해설

대 교수), 김혜경(연세대 교수).등 복장계의 권위 있는 인사와 농어민을 대표한 마을 지도자 등 열한 명이 참가했다.

 손질이 간편하고 착용감이 편한 화학섬유로 만들어진 간소복들은 작업복, 일상복, 외출복을 겸할 수 있는 남녀 의복 44점으로 회색, 감색, 초록 계열 등 더러움이 덜 타는 색을 주로 사용했다. 유행이나 멋보다는 실용성에 주력한 실용복들이었다. 안감을 넣지 않고 만들어 손질이 쉽고 또 직접 만들어 입기에도 큰 어려움이 없는 디자인들이었다. 소매 중간에 지퍼를 넣어 짧은 소매와 긴 소매를 겸할 수 있게 했다. 남자의 바지 끝이나 여자의 퀼로트 끝에 단추나 끈을 넣어 일할 때는 끈을 오므려 편리하

당선작으로 뽑힌 6점의 의상을 남녀 모델이 입고있다.

전국에 보급될
農漁民을 위한 簡素服

당선작으로 뽑힌 6점의 농어민 간소복

게 했다. 수납이 용이하도록 주머니를 크게 단 것 등 농어민의
생활에 맞게 디자인했다.

또한 행사에 걸맞은 이벤트로 남성복 상의 깃은 삽이나 곡괭
이 모양으로 만들어 달기도 하고, 여성용 모자를 바구니 모양으
로 만들거나 앞가슴에 지퍼를 달아 아기에게 젖 먹이는 데 편리
하게 하는 등 사람들의 호기심을 자아내는 다양한 작품들을 선보
였다.

농어민 간소복, 여성복   농어민 간소복, 남성복

나는 사회자인 이창호 아나운서와 무대에 나란히 앉아 행사 진행을 보았다. 각 의상을 입은 모델들이 심사위원 앞에서 옷의 편리한 점을 보여주는 동안 우리는 복장 하나하나의 특징과 소재를 설명하면서 이해를 도왔다.

총 여섯 점의 우수 작품을 뽑아 표창했다.

▲보리피리 = 김광수 작 긴소매 상하의	▲불타는 대지 = 이광철 작 반소매 상하의
▲연자방아 = 강병운 작 긴소매 상하의	▲수원댁 = 조영숙 작 원피스
▲보리골 = 이미원 작 재킷과 스커트	▲부서지는 파도의 꿈 = 안원정 작 반소매, 블라우스와 일바지, 앞치마의 앙상블

이날 선정된 작품의 패턴은 경기도 각 군의 새마을운동 지도자들에게 보급되었다. 이와 연계된 '기능 콘테스트' 뿐만 아니라 간소복 확산의 일환으로 계획한 전국 순회강연 및 소규모 패션

쇼에 대한 내무부의 지원까지도 약속받았다.

젊음과 용기와 아이디어로 뜻을 모으면서 새로운 비전을 제시
해야 한다는 사명감은 이 같은 일들을 추진하게 만들어준 원동력
이었다. 또한 정부 시책과 시의에 맞는 명분이 있었으니 농어민
을 위한 간소복 개발은 복장인이라면 누구라도 나서야 하는 시대
적 요청이었다.

일단 새마을운동 정신으로 의생활 개선과 혁신에 앞장설 서울
지역 시범 점포를 1차 지정했다.

〔18개 점포〕

중구 명동	김광수(찰스 김 테일러)	중구 을지로	신길상(신텔러)
중구 충무로	서귀원(세종양복점)	영등포 신남동	송봉규(오시오라사)
영등포 구로1동	이재승(홍일라사)	영등포 신길3동	한화석(미창라사)
성동구 황학동	이종태(광명라사)	성동구 금호동	이상채(미영라사)
성북구 수유동	박병인(GQ양복점)	성북구 미아동	손원용(일신양복점)
서대문 녹번동	김용곤(선일라사)	용산구 원효로	박경원(새한칼라양복점)
용산구 한강로	임의영(미림라사)	광주군 중부면	이경구(중앙라사)
영등포 흑석동	권선(마드모아젤양장점)	성북구 수유동	황옥순(엔젤양장점)
성북구 쌍문동	김상길(아겡의상실)	서대문 응암동	박두봉(영미양장점)

나는 또한 복련을 통해서 재고 양복 모집 운동을 벌이기로 했
다. 당시 전국 주문 양복점에서 고객이 맞추어놓고 찾아가지 않
은 재고 양복의 양이 꽤 많았다. 이를 수집해서 농촌에 제공하자

는 취지였다. 본래 이런 재고 양복은 저렴한 가격으로 헌 양복 판매 시장에 넘겨지던 것이었다. 새마을운동 역군들에게 다소나마 도움을 주기 위해 이 같은 운동을 전개하기로 한 것이다. 누가 시킨 것도 아닌데 내 돈과 시간을 써가며 매달렸다. 하지만 이 사업은 진행 단계에서 좌절되고 말았다. 재고 양복 값을 얼마에 누가 매수하고 수선비는 어떻게 충당하는가? 정부나 독지가, 시민단체가 나서서 봉사 차원으로 하면 몰라도 개인이 매달리기에는 너무 업무량이 많고 비용도 많이 들었다. 제아무리 뜻이 좋고 커도 현실적인 문제에 부딪히면 돌아설 수밖에 없는가 보다. 생활에 여유가 있어서 생계 걱정 없이 봉사하며 살 수 있다면 정말 큰 축복이다.

09

『복장계』

대부분의 수입을 숨 돌릴 틈 없이 『복장계』 만드는 일에 쏟아 부었다.
그야말로 밑 빠진 독에 물 붓는다는 게 어떤 건지 실감이 갔다 우리나라 최초의 복장계 정보지 『새 옷』

우리나라 최초의 복장계 정보지 『새 옷』

사회 변화와 의복은 불가분의 관계에 있다. 의복은 당대의 정치, 경제, 사회, 문화 및 종교 등에 직간접적인 영향을 받기 때문이다. 원시사회에서 동물의 가죽, 조개껍데기, 새털, 동물의 피 등을 이용해 몸을 보호하고자 만들어 입던 의복은 농경, 산업 사회를 거쳐 오늘날에 이르러 몸을 보호하기 위한 필요의 문제에서 기호, 곧 선택의 문제로 점차 그 의미가 확대되어왔다. 남성복 잡지 또한 그런 사회의 변화를 반영한 것이었다.

1949년 12월 10일, 4쪽짜리 흑백 신문 『새 옷』이 창간되었다. 1946년 전선복장연구회(全鮮服裝硏究會)가 결의하여 3년을 준비한 끝에 만든 신문이었다. 그야말로 우리나라 최초의 복장계 정보지였다. 타블로이드판으로, 발행인 유택, 편집인 이용화

SAE OTS (New Costume)

大韓服裝研究會
서울市中區跤洞1154
電 ④4060
研究會編輯部
서울市塩橋三街13
電 ③9388
月刊

새옷

責任人 柳　源
主 幹 李 容 和
編輯員 明 石 淳

登錄番號 368
定價 50圜

우리의 맹서
1. 우리는 大韓民國의 아들딸
2. 우리는 國家와 民族을 위하여
3. 우리는 抑壓한 自由平和의 使者

質이 低下한 國産羅紗
市井에 汎濫하고 있다
排斥하라! 謀利에 汲汲한 賤羅紗를

非難은 顧客의
藥者의 信用을 죽여는다

衣被蒼生
李大統領筆

가운데 사진의 글씨는 '의피창생(衣被蒼生)'. 의피창생—이대통령의 친필, 이병철 씨 소장. "'의피창생'이라고함은 창생에게 의를 입힌다는 뜻이니 창생은 인류를 총칭하는 뜻이며 의는 의복을 가리키는 말씀이다. 이러한 경우에는 의를 덕으로 해석하여 뜻을 통함이 옳을 것이다. 또 덕은 선의 근원으로 해석함이니, '의피창생'은 인류에게 선을 베풀라고 하신 말씀일 것이다. 우리 업자는 창생에게 선을 베푸는 의를 제작하는 것이니 깊은 뜻을 해석하여 업에 소홀함이 없기를. 편집자"

였다. 복장인의 오랜 소망이 이루어지는 순간이었다. 그러나 불행히도 1950년 6·25를 만나면서 창간호를 발간한 채 중단되고 말았다. 7년 후인 1956년 11월 25일, 대한복장연구회로 재편한 연구회가 다시 전열을 가다듬어 복간 2호를 속간하였다. 1970년 복련의 『복련회보』, 1971년 기협의 『복장월보』로 매번 그 명맥을 이어갔지만, 어디까지나 회지의 성격으로 발행되었다. 이것이 우리나라 양복 잡지의 초라한 역사다.

〔국내 남성복 신문·잡지 발행 연혁〕

『새 옷』	1949년 12월 10일 전선복장연구회가 창간
	발행인 : 유택, 주필: 이용화, 편집: 명석순 사이즈 27x38cm/ 흑백/ 4쪽 신문
	6·25 전쟁 등 7년 공백 후 1956년 제2호 복간 발행 발행인 : 유택, 편집: 이용화, 주간: 서상국
타블로이드 『복장뉴스』	1969년 대한복장연구회(이용화 회장) 발행 흑백/ 4~5쪽 신문
『복장월보』	1971년 6월 7일 대한복장기술협회 발행
『복련회보』	1972년 대한복장상공조합연합회 발행.
월간 『복장계』	1973년 9월 1일 창간 발행인 겸 편집인: 김광수(찰스 김 테일러 대표)
	표지는 컬러, 화보 및 내지는 흑백
	창간호(80쪽) 3000부 발간 보급
	1975년 초 폐간(총 19권)
『복장 Tailorpia』	1975년 6월호 『복장월보』를 잡지로 변경
	월간 『복장계』와 유사함
『월간복장』	1988년 2월 『복장월보』의 이름을 변경함

반면 가까운 일본은 신사복 분야에 이미 『맞춤전문』, 『기성복 전문』과 같은 잡지와 신문들이 있을 정도로 세분화, 전문화된 성격의 장수 정보지들이 존재했다. 1974년 6월에는 나고야에 국제 양모사무국 패션 센터를 설립할 계획도 진행 중에 있었다. 이는 유럽과 동일한 채널을 갖는 패션 센터를 통해 유럽의 패션 정보를 신속하게 흡수, 아시아의 특성에 연결할 수 있는 절호의 기회였다. 이웃 나라의 발전을 마냥 보고 있을 때가 아니었다. 바야흐로 시대가 변하고, 의복의 형태와 의미가 변하고, 이를 받아들이는 사람들의 의식도 변하고 있었다. 이미 세계적인 양복 기술을 자랑하는 우리나라인 만큼 까다로운 통관 절차를 바꾸는 체제와 인식의 변화를 통해 세계와의 패션 시차를 없애려는 노력이 절실한 때였다.

1970년대 패션계의 변화

패션은 그 나라의 국력을 가늠하는 산업이다. 한국 경제 산업의 역동기인 1970년대는 이러한 사회적인 변화를 그대로 반영하는 의복의 격변기라고 할 수 있었다. 과연 이 시기에 복장계에서는 무엇이 변화했고, 우리는 그 변화를 어떻게 발전시켜 나가야 할까? 남성복의 변화를 살펴보자.

- **실루엣의 변화** : 남녀 복장의 모드 분류는 크게 둘로 나뉘어 있었다. 즉 톱(첨단) 패션과 매스(대량) 패션이었다. 보통 슈트의 모드는 실루엣별로 구분되었지만 점차 전 유행 모드를 구별하는 데 어려움이 생겼다. 톱 패션의 모드에 일정한 패턴이 사라지고 원형의 모드를 살리면서도 개인의 기호가 강조되는 개성화, 다양화 현상이 시작된 것이다.

한편 매스 패션에서는 교통수단의 발달로 세계의 시간차가 좁혀지면서 곡선 주조의 유럽형과 직선 주조의 미국형의 차이가 사라지고 그 실루엣 면에서 통일성을 갖게 되었다. 톱 패션의 다양화와 매스 패션의 획일화로 인한 실루엣(look)의 변화는 네오 볼드의 본격화를 불러왔다. 볼드 룩은 1920년, 1950년, 1970년대에 세 차례나 유행했다. 과거 볼드 룩의 남성다움에 튜브 라인(tube line, 스트레이트 라인)이란 극히 세분화된 실루엣이 결합되어 네오 볼드라는 새로운 감각으로 되살아난 것이다.

- **색상의 변화** : 지금까지 신사복에는 세 가지 기본색이 있었다. 푸른색, 회색, 갈색이 그것이다. 남성 슈트라고 하면 이 세 가지 색 중에서 선택하는 것이 불문율이었다. 그래서 어느 양복점을 가나 이 세 가지 색이 대부분이었다. 그러나 1970년대 들어 이 기본색은 완전히 분해되면서 슈트는 푸른색, 회색, 갈색이라는 고정관념에서 벗어나 세상에 존재하는 모든 색상이 슈트의 색이 될 수 있다는 인식이 생겨났다.

◇76年度의 여자의상은 당분간 「튜브라인」이 유행될것같다.

「튜브라인」 유행

─── 76年度 女子 衣裳

스커트 긴기장은 퇴조
두텁게 짠 니트류 人氣

1976년 여성 패션

신사복지 중에서 마음에 드는 것이 없다면 양장복지를 선택해도 무방했다. 지금껏 여성복에만 사용했던 양장복지라 해서 마음에 꺼림칙하다면 그건 시대에 뒤떨어진 감각이다. 이러한 편협한 생각은 복지회사가 내놓은 복지 색상을 소비자가 뒤쫓아가는 현상을 낳았고, 그 결과 세계적인 유행에 뒤처지는 결과를 초래하였다. 이렇듯 우리 신사복은 지나치게 보수적이었다. 항상 주위와 타협하여 무난한 것만을 선택해왔던 것이다. 하지만 1970년대 들어 빠르게 변화하는 개발 운동의 붐을 타고 우리의 사고도 보다 창의적이고 개방적으로 바뀔 준비가 되어갔다.

• **액세서리의 변화** : 한결같은 슈트에 변화를 주는 것이 바로 액세서리다. 하지만 지금까지는 드레시한 차림에는 안정감을, 스포티한 차림에는 명쾌함을 더하는 것이 액세서리의 공식이었고, 여기에 유행이란 양념이 살짝 가미되었을 뿐이었다. 넥타이의 경우 스트라이프나 무지의 컬러가 소극적으로 유행을 좌우했다. 하지만 1970년대 들어 폭이 15cm나 되는 슈퍼와이드한 모양에 기하학 무늬가 유행을 이끌었다. 구두는 과거 끈이나 장식이 없는 슬립폰(slip-on)이 지배적이었으나 금속 장식이 가미되거나 윙팁(wing tip, 구두코에 구멍을 뚫어 장식하고 W 형태의 재봉선을 넣음) 등 작은 구멍을 뚫어 연출하는 장식 효과가 새로 등장했다. 와이셔츠는 채도가 낮은 무난한 색에서 좀 더 짙고 컬러풀한 색상이 주를 이뤘고, 스트라이프 등 무늬가 있는 것도 점차

선호되었다. 커프스, 타이바(tie bar)에 보석을 넣거나 반지와 펜던트를 더해 오리지널한 것에 강한 관심을 표현했다.

• 소재의 변화 : 슈트복지라면 우스티드(worsted, 긴 양털을 줄 모양으로 늘여 꼬아서 짠 모직물)와 트위드 등 소위 모직류가 대부분이었다. 그러나 다양한 인조가죽과 다양한 면직류 등 그동안 의자나 커튼 등 인테리어 소재로 이용되던 원단이 슈트의 소재로 등장하게 되었다. 특히 모켓(moquette, 보풀이 있는 파일 직물이며 벨벳과 비슷하여 기차나 전차의 의자를 씌우는 데 쓰임)이라 불리는 인테리어용 소재가 주목을 끌게 되었고, 지금까지 무지류였던 벨벳에도 각종 무늬직류가 등장했다. 모직의 경우도 색과 무늬에 큰 변화가 왔다.

고전적인 패턴인 펜슬 스트라이프(pencil stripe, 가는 선이 0.5~1cm 정도의 간격으로 반복되는 패턴), 건 클럽 체크(gun club check, 진한 빛깔의 격자무늬 사이에 엷은 빛깔의 격자무늬가 겹쳐 배열된 무늬) 등의 전통을 유지하면서도 기존 개념을 근본적으로 전환시키는 것이었다. 즉 무늬에 곡선을 가미한 점이다. 스트라이프, 체크 등 직선적인 구성에서 물결과 같은 곡선을 넣고, 얼핏 보아서는 프린트지 같은 것까지 등장했다. 이처럼 숙녀복지에는 벌써 적용되던 것이 점차 남녀 공용 복지로 확대됨에 따라 유니섹스 시대라 일컬어지기도 했다. 폭 넓은 소재의 변화는 디자인의 다양성뿐만 아니라 많은 것의 변화를 가능케 하였다. 의상을 통해 남녀를 구별하기보다는 개인의 감각이 우선시되는 경향으로 변모하고 있었던 것이다.

• **사람의 변화** : 고도성장을 통한 국민소득 증대는 생활수준 향상, 소득 불균형, 빈부 격차, 퇴폐적 사회 풍조, 의복의 고급화를 불러온다. 가장 중요한 건 의식의 변화 또는 변화하고자 하는 개인의 의지다. 모든 변화의 중심에는 역시 사람이 자리한다.

국제 기능 올림픽 양복 부문 금메달

일찍이 양복 기술을 배운 뛰어난 기술자들과 산업화를 지향하는 1970년대라는 시대적 배경을 갖춘 우리나라가 패션 선진국으로 발돋움할 기회는 여러모로 충분했다. 마침 이용화 선생의 후계자인 이성우 선생이 국제 기능 올림픽 기술 심사위원으로 위촉되어 국제 활동을 벌이고 있었다. 이성우 선생은 한국인이 금메달을 딸 수 없겠냐는 생각에 사비를 털어가며 뒷바라지를 했고, 여기에 복련 이용수 회장의 후원이 더해져 1967년 7월 스페인에서 열린 국제 기능 올림픽에 선수들을 출전시킬 수 있었다. 그런데 그 결과는 기대 이상이었다. 맞춤 정장 직종에서 홍근삼 씨가 금메달을 획득한 것이다. 뜻밖의 결과에 양복인은 누구나 기뻐하며 국위 선양에 대한 자신감에 들떴다. 이후 1968년

양치상, 1969년 신두호, 1970년 이정구 등의 연이은 선전은 우리 복장업계에 새로운 가치를 높이는 결정적 계기가 되었다. 우리나라는 1983년의 국제 기능 올림픽까지 무려 12연승이라는 신화를 이룩했다.

이런 국제 행사가 열렸을 때 화보를 게재하고 패션계의 정보를 공유할 잡지가 절실했다. 갱지로 인쇄된 타블로이드 신문밖에 없는 실정에 그나마 외국 서적도 송금 후 한두 달은 걸려야 도착했다. 과연 우리는 세계의 패션 정보를 얼마나 정확하고 신속하게 받아들이고 있는가. 날것인 채로 그대로 수입되는 외국 패션 정보지를 여과해줄 국내 정보지의 필요성을 언제까지 말로만 떠들 것인가.

한국으로 출장이나 관광을 오는 일부 일본인들은 마치 기념품을 구입하듯 한국의 양복을 맞춰 가곤 했다. 오늘날 명동이 품질 좋고 값싼 한국 제품을 구입하러 온 일본 쇼핑객들로 넘쳐나듯, 당시에도 가격 대비 우리 주문 양복의 기술력을 높이 사는 이들이 많았던 것이다. 지금은 판매 직원의 외국어 구사는 물론 그들의 구미에 맞는 제품 준비와 각종 마케팅을 구사해 매출 증대로 연결하고 있지만, 당시에는 이를 지속하기 위한 적극적인 영업 마인드가 갖춰져 있지 않았다. 이 같은 관광객 유치는 우리 양복업계의 실력을 해외에 알릴 기회이자 당시 정부 정책에 호응하는 좋은 외화벌이였다. 그럼에도 시대 변화를 발 빠르게 전달할 정보지가 없어 점조직처럼 분산된 양복업자를 하나로 묶어 순발력 있게 대처 방안을 제공하지 못했다. 나는 너무 답답했다. 마침 돈벌이도 잘 되던 때여서 용기를 내기로 했다.

1973-『복장계』 창간 준비

우선 충무로 2가 남일빌딩 306호에 사무실을 마련하고 편집장(이상문), 편집부장(이항수), 관리부장(이춘식), 기획실장(오세인), 사진부장(윤석환) 그리고 교정, 경리를 맡을 여섯 명의 직원을 채용했다. 명사들의 옷차림새나 국제적 패션 정보, 칼럼, 업계 소식 등 다양한 이야기들을 차곡차곡 실어 날랐다. 패션쇼와 유명 외국 잡지의 모델 사진을 컬러 화보로 게재했다. 당시엔 이런 기사나 사진이 흔치 않았기에 적잖은 볼거리가 되었다. 복장에 대한 진지한 토론으로는 '패션 산업 체제 강화 시급'을 주제로 복식평론가 하원재 씨와 통일주체국민회의 대의원 임양근 씨의 대담을 첫 번째 연재로 실었다. 또한 한국의 고유한 멋과 선을 응용한 신사복 창작품들을 소개하면서 왕실 클럽 모델들에 대한 홍보도 잊지 않았다.

3년 전 찰스 김 테일러를 만들면서 드디어 모델 클럽 왕실의 보금자리를 마련했다는 생각에 마음 한구석이 뿌듯했었다. 이제 잡지는 모델을 키우는 절실한 매개체였으며, 잡지 창간은 이러한 문제들도 동시에 해결할 수 있는 좋은 기회였기에 경제적인 부담을 감수해가며 용감하게 일을 시작했다. 클럽 왕실을 『복장계』 전속으로 편입, 개편하면서 남녀 모델들을 추가로 엄선하여 인원을 확충했다. 그들의 인적 사항이나 경력 등 자세한 프로필을 컬러 화보로 잡지에 소개했다.

『복장계』를 등록하고 발간하기까지는 6개월의 시간이 걸렸다. 그동안 사무실 임대료에서 최소한의 인건비, 경상비 등 기본적인 지출이 장난이 아니었다. 좋은 잡지를 만들기 위해서는 체제나 여건이 체계적으로 잘 갖춰져야 하는데 의욕만 앞섰기 때문에 부담이 너무 컸다. 사람이 모이면 아무리 안 써도 때가 되면 먹어야 하고 접대, 출장, 취재, 사진 촬영 등등 보이지 않는 경상비가 말로 헤아리기 어려울 정도로 많이 들었다. 특히 소모품비가 많이 들어갔는데 대부분 경험 부족에서 기인한 문제들이었다. 얼마나 몰랐으면 교정지를 트레이싱 페이퍼로 썼을까. 나는 그림을 그렸던 사람이라 트레이싱 페이퍼를 복사지로도 사용하곤 했다. 그런데 그 비싼 종이를 쭉쭉 찢어가면서 교정지로 썼다는 사실에 모두가 아연실색했다. 정말 웃지 못할 해프닝이다.

당시 최고의 인쇄술을 자랑하는 삼화인쇄(대표 유건수)에서 매월 3000부를 찍었다. 종이도 아트지에 원색 화보가 주를 이뤘다. 지금 생각하면 참 통도 컸다. 일단 창간호라도 나와야 한다는 생각에서 전력을 다해 준비했다. 협회와 같이 구성원이 많은 단체일지라도 잡지 만드는 것만큼은 저어하는 분위기였다. 당시 우리나라의 여성 잡지도 불과 1년 전에 나온 『의상』뿐이었다. 그 외

服飾綜合専門誌

BOK CHANG GAE

『복장계』
창간호 1973년 9월

에는 양재학원들에서 개별적으로 만들어내는 회보나 수강용 자료가 정보지의 전부인 것만 봐도 우리 복장계의 열악한 실정을 잘 알 수 있다.

개업한 지 3년째 되는 내 가게는 손님도 많고 그럭저럭 잘 운영되어갔다. 그런데 그곳에서 나오는 대부분의 수입을 숨 돌릴 틈 없이 『복장계』 만드는 일에 쏟아 부었다. 그야말로 밑 빠진 독에 물 붓는다는 게 어떤 건지 실감이 갔다. 보통 잡지의 주 수입처는 가맹점(양복점), 광고 스폰서 그리고 판매 대금이다. 하지만 호당 300원 하는 잡지를 구독하는 데 익숙지 않은 가맹점들 형편을 고려하면 판매 수입을 기대하기가 어려웠다. 다행히 친형님같이 존경하던 공석붕 소장이 적극 응원하며 잡지 광고비로 매월 20만 원의 지원금을 약속해주었다. 당시 잡지를 만드는 데 드는 한 달 비용이 200만 원가량이었으니 적잖은 지원이었다. 제일모직을 위시한 경남 프리모, 대성 등 잇따른 업체들의 지원 약속에도 큰 힘을 얻어 창간호 출간에 박차를 가했다.

월간 『복장계』 창간호

1973년 9월 1일 드디어 월간 『복장계(服裝界)』 창간호가 나왔다. 장장 여섯 달이라는 산고를 치르고 나온 옥동자였다. 창간호 잡지가 사무실로 입고되던 날, 나는 세상을 다 가진 것처럼 가슴이 벅차올랐다. 어느 때보다 성취감과 자부심이 넘쳐났다. 드디어 내가 업계의 숙원 사업에 새 역사를 썼다. 나는 비록 가진 것이 없지만 이 잡지가 패션계에 던지는 파장은 실로 크리라. 그리고 그 열매는 복장계 사람 모두가 향유하게 되리라.

작은 양복점을 운영하는 나로서는 정말 무모한 도전이었다.

모델 클럽 왕실 회원들의 활동 영역을 넓히고, 국내 복장 문화 향상을 염원해서 얻은 결실이었다. 협회나 기관도 아닌 순수한 개인 김광수가 너무도 당돌하게 사비를 털어 남성복 최초의 월간 정보지를 간행하기 시작한 것이다. 국내 최초의 남성복 신문 『새 옷』이 창간된 지 18년 만의 일이었다.

〔창간사〕

복장 문화 향상에 공헌할 터

지금 우리나라는 모든 산업의 총력을 80년대의 100억 불 수출과 1인당 국민소득 1000불이라는 목표 달성에 총력을 집약하고 있는 이때 복장산업계의 역할이 국가 경제 성장에 중요한 일부를 차지하고 있다는 점을 상기할 때 지금까지 업계 기관지 몇 종이 눈부신 활약을 하고 있으나 일반 소비 대중에게까지 생활의 광장을 마련하지 못하고 있는 것이 실정이다. 더구나 소화에도 힘겨운 외지 몇 종에 기술과 지식에 관한 새로운 정보를 시각적 효과를 통하여 갈증을 해소해보려는 안타까움도 없지 않다.

이에 본인은 수년간 업계 경험을 토대로 미력이나마 조국의 경제 성장과 발맞춰 복장 문화의 비약적 발전의 터전을 마련할 태세를 갖추어야 할 때라고 느껴 수개월 동안 업계 선배들을 찾아 많은 조언과 공감을 얻어 오늘에야 월간 『복장계』를 창간하게 되었습니다.

앞으로 본지는 업계를 위한 새로운 기술과 경영 지식에 관한 정보 전달과 아울러 소비 대중과 업계 간의 의생활에 관한 대화의 광장을 개척함으로써 업계 발전과 국민 의생활 향상에 공헌할 것을 다짐하는 바입니다.

이와 같은 본지의 사명과 역할을 완수하기 위해서는 업계 선배들의 지도 편달과 종업원 여러분들의 적극적인 참여로 우리들의 손으로 만드는 우리의 잡지라는 것을 자각할 수 있게 되어야 할 줄 압니다.

끝으로 아무리 좋은 뜻을 갖고 있어도 현실적인 면을 생각할 때 물질적인 제반 조건이 불비해서는 우리의 소망은 달성할 수가 없는 것으로 본지가 먼 장래를 향하여 하나의 성실한 기업으로 성장할 수 있도록 업계 및 관계 메이커 상사의 각별한 성원으로 육성하여 주실 것을 삼가 바라오며 이를 창간사에 대하는 바입니다.

본지 발행인 김광수

복련의 이용수 회장과 기협의 이성우 회장 그리고 공석봉 소장, 일본 『양장』지 편집장인 요코야마 씨, 대한양재협회 심명언 회장, 한국봉제공업협회 권태홍 회장 등이 진심 어린 창간사를 전해주었다.

　『복장계』 창간호가 출간되자 마치 기다렸다는 듯 여기저기에서 축하 인사가 쏟아져 들어왔다. 지난 6개월의 고된 시간을 위로하는 격려의 말씀들이었다.

10

검열

당장 배포된 잡지들을 몽땅 거둬들이라는 청천벽력 같은 통보였다.
이미 1000여 권 이상이 시중 양복점과 업체 등에 풀려 나간 상태였다

1973-대통령
의 전 비판으로
검열에 걸리다

1973-대통령 의전 비판으로 검열에 걸리다

기대 이상의 관심과 성원에 온 직원들이 들떠 일하는데, 그 열기에 찬물을 끼얹는 사건이 하나 발생했다. 책을 주문받고 배달하느라 모두가 바쁜 시간에 전화 한 통이 걸려왔다. 문공부였다. 당장 배포된 잡지들을 몽땅 거둬들이라는 청천벽력 같은 통보였다. 이미 1000여 권 이상이 시중 양복점과 업체 등에 풀려나간 상태였다. 가슴이 뛰고 정신이 혼미해졌다. 당장 문공부에 쫓아 들어갔다. 문제가 된 기사는 박 대통령과 김 총리가 입은 의상을 비판적으로 평가했다는 사유였다.

잡지를 준비하면서 국내 최초의 남성복 월간 잡지의 창간호답게 잡지 초입에 등장하는 화보만큼은 국내의 비중 있는 유명인사를 등장시키고 싶었다. 고민하던 중 남성뿐만 아니라 전 국

『복장계』 창간호. 뉴질랜드 공항에 도
착한 박 대통령. "양국 원수의 전아한
모닝코트 예복은 문화 국가의 상징이
기도 하다. 모닝코트의 재료, 코루바
지 감이 국산이 아직 안 나오는 게 섭
섭하기도 하였다."

민에게 가장 많은 영향력을 행사하는 대통령의 사진을 신기로 의
견을 모았다. 문공부에 직접 찾아가 한미정상회담에 참가한 박정
희 대통령과 국빈을 맞는 김종필 국무총리 등 다양한 공식 행사
사진 8~9장을 얻어왔다. 그리고 복장 전문지답게 사진마다 복장
에 대한 서상국 원장의 진솔한 설명을 덧붙였다. 그런데 책이 발
간되자마자 문공부에 납본으로 제출한 사진 설명 중 일부 내용이
검열에 걸린 것이었다.

『복장계』 창간호. "턴트 미 상무장관의 라펠은 그의 턱과 어울린다. 버튼의 간격은 장신의 악센트를 조화시킨 듯. 김종필 총리의 재킷 등판의 자리 잡음이 아쉬웠다."

박 대통령이 뉴질랜드를 방문했을 때 공항에서 국빈 환영식을 받으며 뉴질랜드 수상과 나란히 서 있는 사진이었다. 수입 원단으로 만든 박 대통령의 모닝코트를 두고 "코루바지(줄이 쳐진 모직물 예복) 감이 국산이 아직 안 나오는 게 섭섭하기도 하였다"라고 쓴 사진 설명이 문제가 되었다.

그리고 우리나라를 방문한 미 상무장관과 악수를 나누는 김종필 총리의 사진이었다. 누가 보아도 등판이 물에 젖어 우는 것같이 쭈그러진 총리의 양복이 눈에 띄었다. 이 사진 설명 중에 "김종필 총리의 재킷 등판의 자리 잡음이 아쉬웠다"라고 쓴 것이 검열에 걸렸다.

『복장계』창간호. "예수는 그 시대의 우주인이라고 외친 빌리 그레이엄 전
도사의 숄더는 하늘나라로 날아갈 듯"

"미국의 희극배우 봅 호프의 청와대 방문. 봅 호프답게 젠틀한 차림새, 무언
가 점잔을 빼려 하면서도 해학적인 인상은 감출 길 없다"

사정사정하여 이미 배부한 1000여 권은 제외하고 나머지 2000여 권은 배부를 중지하여 관련된 부분을 뜯어내 제출하기로 합의하였다. 다음 날 책에서 떼어낸 문제 부분을 모아 제출하고, 재발 방지를 다짐하는 시말서까지 써내고 나서야 이 문제는 일단락되었다. 지금 시대에 생각해보면 정말 어처구니없는 일이었지만 당시만 해도 정신이 번쩍 나는 창간호의 진통이었다. 그렇게 지독한 통과의례를 치르고도 발행을 계속했다.

"돈 쓰는 일에는 일등이고 돈 버는 일은 꼴등이라, 일월동 빙신 노릇 혼자 다한다."

측근들이 내게 전한 풍문이었다. 일월동(日月洞)은 명동(明洞)을 풀어쓴 이름이다. 사람들이 나를 두고 하는 쑥덕공론이라고 했다. 배울 만큼 배운 사람이 비싼 밥 먹고 다니며 병신노릇 혼자 다한다는 거였다. 그러거나 말거나 나는 줄기차게 밀고 나갈 참이었다.

코리아 모델 클럽

잡지 내용이나 그 운영에 대해서는 이 방면에서 나보다 능력이 뛰어난 편집장과 기자들이 있으니 크게 걱정하지 않았다. 또 우리 잡지에 등장하는 대부분의 인물들이 복장계 기술자요, 전문가였고, 그들 또한 우리 잡지의 취지에 깊이 동감했으므로 취

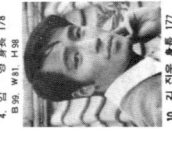

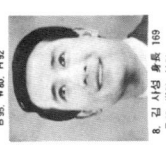

코리아 모델 클럽(24인)의 포트폴리오

6. 도 신무 身長 180 B 92, W 75, H 90
12. 유 대영 身長 168 B 95, W 81, H 93
18. 김 태웅 身長 171 B 85, W 75, H 87
24. 김 영태 身長 172 B 90, W 80, H 92

5. 최 호 身長 178 B 90, W 75, H 90
11. 이 형수 身長 178 B 93, W 75, H 92
17. 이 성호 身長 175 B 97, W 80, H 97
23. 이 상미 身長 100 1967년생

4. 임 영 身長 178 B 99, W 81, H 98
10. 김 진우 身長 177 B 90, W 73, H 90
16. 조 영기 身長 176 B 88, W 76, H 91
22. 인 경옥 身長 162 B 88, W 57, H 88

3. 오 영환 身長 182 B 93, W 82, H 97
9. 공 종열 身長 175 B 89, W 74, H 92
15. 채 영근 身長 170 B 87, W 71, H 91
21. 주 연희 身長 167 B 86, W 57, H 88

2. 이 영민 身長 180 B 95, W 80, H 92
8. 김 서성 身長 169 B 90, W 60, H 91
14. 이 종재 身長 170 B 93, W 79, H 90
20. 오 정이 身長 163 B 90, W 59, H 93

1. 김 인웅 身長 174 B 91, W 78, H 94
7. 오 싱규 身長 176 B 98, W 82, H 100
13. 박 영민 身長 175 B 90, W 75, H 90
19. 김 광수 身長 174 B 92, W 73, H 93

재를 하는 데는 큰 어려움이 없었다. 다만 국내에 머무는 외국인 업자를 인터뷰할 때 지금 같은 통역자원봉사나 전문가를 찾기 어려워 고생했던 점이 기억에 남는다.

지금 생각해보면 복지회사 임원들이나 유명 인사를 인터뷰하면서 적당히 비위 맞춰 광고라도 하나 지원받고 책이라도 수십, 수백 권 사게 한다든지 하는 요령도 피워볼 법했는데 나는 이런 융통성이 전혀 없었다. 오히려 발간 자금을 조달하기 위해 찰스 김 테일러를 더욱 열심히 운영하고 광고를 따내기 위해 혼자 동분서주했다. 그러니 한호 한호 잡지를 발간할 때마다 매번 지독한 산고를 겪을 수밖에 없었다.

간혹 주변의 쑥덕거림도 들렸다. 누구보다 복장업계의 생리를 잘 알고 있는 업계 사람들은 내가 얼마 못 버티고 잡지를 폐간할 것이라며 부정적인 전망을 내놓았다. 어찌 보면 나는 그들 세계에 굴러 들어온 돌멩이나 다름없었다. 자신들은 10년, 20년 다리미에 불부터 피워가며 바지 하나 만들고 선생한테 매 맞고 혼나면서 여기까지 왔는데, 대학 나온 신출내기 하나가 들어와서는 조선일보에 대문짝만 한 사진도 나오고 복장계 최고의 인사들 사랑도 독차지하면서 패션모델 클럽을 만드네, 새마을 운동 간소복을 만드네 하며 명동에 떡하니 양복점을 차리더니, 이제는 잡지를 만들겠다고 온 동네를 들쑤시고 다니고 있으니 그 시선이 곱기만 할 리가 없었다.

하지만 대부분의 종사자들은 나를 반기고 인정하며 격려했다. 폐쇄적이면서도 보수적인 복장업계 사람들과는 처음부터 뭐가 다르긴 다를 거라 생각했단다. 하지만 이렇게까지 헌신적으로 업계 발전을 위해 노력하고 성과물들을 만들어내는 걸 보면 역시 안목부터가 다르다며 날 위로했다. 많은 회원들이 구독 신청을 했고 가끔 광고 협찬으로 도움도 줬다.

클럽 왕실 모델들의 행보에 많은 진전이 있었다. 나는 잡지에 매달 한 사람씩 돌아가며 소개를 했다. 점차 여성 회원도 늘어가면서 어느덧 전속 모델이 20여 명을 넘어섰다. 이젠 더 이상 남성 전용 클럽이 아니었다. 결국 이름을 '코리아 모델 클럽'으로 바꾸고 개인별 포트폴리오를 만들어 더욱 적극적인 홍보와 다양한 행사 유치에 나섰다.

1973-추동 신사복 패션 대제전

1973년 9월 20일 오후 7시 세종 호텔 해금강 홀에서 대한복장기술협회 주관으로 '추동 신사복 패션 대제전'이 개최되었다. 제일모직과 국제양모사무국* 한국사무소의 후원으로 서울과 지방 유명 양복점에서 비지니스, 타운, 스포츠, 캐주얼 웨어와 코

---

* IWS(Intenational Wool Secretariat), 세계 양모 생산국들이 만든 비영리기구. 울마크 인증을 제시하여 소비자들이 진짜 양모를 판별하는 일을 도왔다.

제1회 톱 디자이너 창작 발표회
왼쪽: 고유 한복과 현대 라인, 디자이너 윤춘덕, 모델 박형남, 오른쪽: 준예복 겸 타운웨어,
디자이너 노재명, 모델 도신우

트, 정장 예복 그리고 찬조 출품된 여성용 니트웨어 등 총 60여
점을 만들어 선보였다.

　모델로는 이성주, 김스테판, 최호, 이재연, 김진수, 김석기,
김원섭, 이계순, 한원선 등 왕실 모델 클럽 회원들을 출연시켰
다. 그 외에도『주간여성』의 레저웨어 촬영, 3K모심지 광고 촬영
(김스테판), 10월 12일 오후 10시 40분 TBC〈파노라마〉출연 등
국내의 다양한 행사에 모델들을 활발히 참여시켰다. 그리고 1974

년 5월에는 드디어 『복장계』 주관으로 패션쇼를 열게 되었다.

1974-제1회 한국 톱 디자이너 창작 발표회

한국 전통 의복이 갖는 부드러운 선과 색감에는 시대를 뛰어넘는 아름다움과 기품이 서려 있다. 하지만 급격한 경제 발전과 서구 문물의 빠른 유입으로 우리 복장계는 순식간에 서구적 실용성에 길들여지면서 그들의 유행을 모방하고 답습하는 데 그쳐 있었다. 나는 발상의 전환을 통해 그들의 옷 속에 한국적인 미를 접목해 이를 거꾸로 역수출하고 싶었다. 그리고 그 가능성을 모색해보고자 '한국 톱 디자이너 창작발표회'라는 이름으로 새로운 패션쇼를 기획했다.

우선 『복장계』의 가장 든든한 후원자인 공석붕 소장을 찾아갔다. 공 소장은 서울대 섬유공학과를 졸업하고 1971년 국내에 국제양모사무국 한국사무소를 만든 복장계의 기수였다. 『무소의 뿔처럼 혼자서 가라』 등 베스트셀러를 잇달아 써낸 유명 작가 공지영 씨가 이분의 막내딸이다.

내 취지를 말씀드리니 나의 의견에 전적으로 동감하며 다음과 같이 말씀했다.

"김 사장은 말을 참 조리 있게 잘하십니다. 아이디어만 있지 그걸 사람들에게 어필하지 못하는 사람, 실천하지 못하는 사람도

포멀 이중 자켓
디자인 곽재상(빛그림 양복점)
모 델 도신우
때와 장소에 따라 마무어 입을 수 있는옷, 예복으로 택시도를 입다가 평상복으로 바꾸어 입는다. 이 작품은 커질으면 된다. 세심한 디자인과 많은 주갑 대신 같은 옷기로 지미하여 양면 입게 된다. 컴비 네이촌, 모델 텍스트.
上. 택시드 스타일 下. 컴비스타일 (뒤집은 때)

1974 제1회 한국 톱 디자이너 창작 발표회. 포멀 이중 재킷, 디자이너 곽재상, 모델 도신우, 위–턱시도, 아래–콤비

참 많은데 김 사장은 추진력도 좋고 이렇게 사람을 설득하는 능력도 뛰어나세요. 맞습니다. 요즘 세계 패션 시차는 제로입니다. 교통과 통신 수단의 발달로 전 세계가 신사, 숙녀복의 유행을 동시에 받아들이죠. 이건 곧 우리 것도 언제든지 세계로 나아갈 수

있다는 게 아니겠습니까? 그러기 위해서는 우선 우리나라에서도 세계적인 톱 디자이너가 탄생해야 합니다. 그들을 따라가면서도 한편으로는 한국적인 걸 추구해야 합니다. 우리 디자이너들도 연구하고 노력하면 언젠가는 제2의 피에르 가르뎅이 한국에서도 탄생할 것입니다. 머지않아 우리 복장계가 아시아를 비롯한 전 세계의 패션을 선도할 날이 오기를 바랍니다."

공 소장은 새로운 디자이너를 발굴할 수 있는 기회이자 발상의 전환을 통한 새로운 시도라고 칭찬하며 내게 지원을 약속했다. 나보다 여섯 살이 많은 그분은 내가 무슨 이야기를 하든 언제나 긍정적으로 들어주고 충고도 아끼지 않는 고마운 선배였다. 사실 잡지 『복장계』도 이분의 적극적인 호응과 후원 약속이 없었더라면 처음부터 그같이 무모하게 감행하지 못했을 것이다.

이어 제일모직과 한국잡지기자협회의 후원도 받아내면서 패션쇼 준비에 박차를 가했다. 모델은 『복장계』 전속인 코리아 모델 클럽 회원들과 복장학원 소속의 회원들이 담당했다.

전국에 있는 우수 디자이너 대표들의 참여를 확인했다. 기본 콘셉트는 '한국적인 고유한 멋을 표출하는 기품 있는 창작 작품'으로 정했다. 그리고 작품을 만들 전문 기술인들과 우수 양복점을 선정했다. 고맙게도 모두가 적극인 협조를 약속했다.

패션쇼는 1974년 5월 11일 오후 3시, 칼 호텔 26층 대회의실에서 개최되었다. 이용수 복련 회장, 이성우 기협 회장, 공석봉 소장, 최경탁 제일모직 이사, 하인수 부장 등이 내빈으로 초대되었고, 복지회사, 남녀 복식 전문 디자이너, 주문양복업자, 단체장들과 특히 소비자를 포함한 다양한 업계 인사 300여 명이 관객으로 참석하였다.

이번 패션쇼 대표자였던 나는 앞에 나가서 취지를 밝혔다.

"한국의 우수한 복장 기술은 국제적인 각종 행사를 통하여 세계적으로 입증되고 있으나 국내 톱 디자이너들의 훌륭한 기술과 독창력을 발휘한 창작품들을 일반 국민에게 직접 선보일 기회는 그렇게 많지 않았습니다. 월간 『복장계』 발행과 병행하여 명실상부하게 그 구실을 다하고자 이 행사를 마련했습니다. 한국의 고유한 멋과 기품 있는 복장뿐만 아니라 새로운 의생활의 향상을 위해 세계적인 톱 디자이너가 바로 한국에서 탄생할 수 있도록 그 입지를 만들어야 한다는 뜻에서 매년 봄가을로 개최하고자 합니다."

행사는 이영희 아나운서의 사회로 진행되었고, 나는 늘 그랬던 것처럼 작품 해설을 맡았다.

〔참가 작품과 작품 설명〕

No	작품명	디자이너	양복점 이름	모델
1	포멀 이중 재킷	곽재상	서울 필그림양복점	도신우
		때와 장소에 따라 바꾸어 입을 수 있는 예복으로, 뒤집으면 평상복으로 전환된다. 세심한 디자인과 엷은 속감 대신 같은 복지로 처리하여 양면으로 입게 했다. 콤비, 정장 예복.		
2	항아리	이영우	서울 이영우양복점	도신우
		한국 고유의 한복 선을 살려 현대 감각에 맞는 양복 스타일로 변형했다. 소매통과 바지통이 넓은 듯했는데 대님 대신 버튼으로 항아리 모양의 주름을 잡아 활동에 편리하게 디자인했다.		
3	타운웨어	고정표	부산 일번가 양복점	이성주
		엷은 회색의 제일모직 춘하복지를 소재로 2버튼 더블브레스트, 굵직한 줄무늬에 대담한 디자인, 큼직한 금속 단추에, 포인트로 넓은 깃에 잘 맞춘 문양.		
4	비즈니스 웨어	김기수	공항동 기술라사	최호
		직선을 주로 한 남성적인 스타일, 허리선은 강하고 엉덩이선은 부드럽게 하여 보다 경쾌하고 현대적인 라인을 살림.		
5	전통의 미	김상백	서울 김상백양복점	도신우
		보수적인 복고풍 스타일에 현대 감각을 살려 전통의 미를 나타냄, 아웃 포켓과 칼깃으로 강렬한 남성의 멋에 굵은 핸드 스티치와 바지 아랫단이 퍼지고 옆 솔기 스티치를 더욱 강조한 밝은 색 바탕에 잔 체크무늬의 제일모직 춘복지.		
6	싱글스 (보문산)	이병용	대전 화신양복점	최호
		엷은 다색 체크무늬 춘복지로 어깨, 바지, 허리와 엉덩이선의 유연한 실루엣이 잘 조화되었다. 바지 밑단 커프는 앞에는 있고 뒤에는 없다. 젊은이의 매력과 연만한 느낌이 조화를 이루어 청초한 멋을 준다.		
7	아리랑	박현섭	부산 콤텔러	최호
		흰색 춘하복지 소재로 양복 위에 가볍게 입을 수 있는 가운식 턱시도, 전통 두루마기를 현대 예복으로 접목, 동정을 변형해 아리랑 깃으로 하고 옷고름을 버튼식으로 바꾸었다. 특색은 가볍고 경제적인 우리 예복으로 전환.		
8	흑백앙상블	박영규	부산 모림양복점	이성주
		흑백의 앙상블, 화려한 복장은 주위 시선을 끈다. 멋진 폼은 황홀한		

192

	턱시도	분위기로 바뀐다. 남극의 펭귄을 연상시키는 깃과 앞섶 그리고 소맷단을 흰색의 반월로 터치했으며 바지 커프도 깃과 같은 흰색으로 매치함.		
9	오륙도 턱시도	김석창	부산 김석창테일러	이성주
		한국 고유의 한복 스타일을 현대 양복에 접목, 새로운 예복으로 구사했다. 흰 동정과 옷고름을 살려 새로운 디자인의 변화를 주었다. 민족 주체 의식으로 실루엣을 살려 예복화하고, 셔츠도 플라워 커프스에 보타이로 매치했다.		
10	비즈니스 웨어	김영선	안성양복점	김진철
		엷은 베이지색 바탕에 브라운 체크무늬를 소재로 한 춘하 평상복, 칼깃과 경사된 주머니 2단추, 양트기와 뒤트기를 겸한 뒤 양트기가 특색.		
11	준예복과 타운웨어	노재명	대전 카네기양복점	도신우
		밝은 청색과 베이지색의 콤비. 깃은 칼깃, 포켓 입술에 특색이 있으며, 깃을 뗐다 붙였다 할 수 있는데, 그에 따라 옷의 종류가 달라진다. 금속 장신구 버튼으로 포인트를 두었다.		
12	고유 한복과 현대 라인	윤춘덕	포항 광은라사	박형남
		백의민족의 순결과 색채미를 조화시킨 세련미로 고유한 이미지를 부각해 현대의 멋과 감각을 표출했다. 가벼운 재킷 모양의 예복을 벗으면 평상복으로 입을 수 있는 비즈니스웨어.		
13	나들이 타운웨어	이경구	성남 중앙라사	김현동
		감색 바탕에 좁은 스트라이프 춘하복지를 소재로 전통적인 깃, 앞섶을 굴리지 않고 직각 처리, 소매 끝도 카우스 버튼식으로 걷어 올릴 수 있게 하여 굵은 스티치, 붉은색의 언더셔츠와 벌집무늬 스카프를 목에 둘러 멋을 더한다.		
14	캐주얼웨어	이계택	애드워드양복점	이성주
		연한 베이지색 체크무늬에 둥글고 넓은 깃이 젊음을 상징, 발랄하고 경쾌한 콤비, 바지와 동일한 색상의 언더칼라와 블라우스를 곁들여 활동적이고 간편한 코디, 소매 끝을 걷어 올릴 수 있어 편리하며 금속 버튼이 포인트.		
15	예복을 겸한 캐주얼웨어	서일화	이용화양복점	김현동
		엷은 다색 무지를 소재로 깃과 앞섶 그리고 소매 끝에 짙은 밤색 블레이드로 선을 둘렀다. 보통 때는 캐주얼이며 접어둔 깃(하이킹)을 내고 조끼를 입으면 점잖고 화려한 예복 턱시도다. 뒤 모양은 앞쪽과 앙상블한 단추가 좋은 포인트.		

16	정장 예복	이의준	대구 이의준양복점	김석기
		밝은 바탕에 짙은 블레이드 깃, 소매 끝단에 띠를 둘렀다. 강한 것을 피하고 부드럽고 로맨틱한 여성복에서 느끼는 아름다움도 찾을 수 있는 스타일, 원 버튼에 컬러풀한 셔츠와 고기무늬 타이를 매치했다.		

(* 총 22점 중 제일모직에서 찬조한 여성 및 아동복, 니트웨어는 심사 대상에 포함하지 않았다.)

이 같은 남성복 출품작 16벌은 한국적 이미지 구현을 위해 실루엣, 디테일 그리고 색상까지 다양한 방법으로 디자인해 선보였다. 남성 모델들도 혼자 또는 여성 모델이나 아동을 대동하여 무대에 섬으로써 가정적이면서도 편안한 분위기를 연출했다. 이같이 차별화된 무대 연출은 보다 자연스러운 방법으로 관객에게 의미를 전달하는 좋은 효과가 있었다.

한국 톱 디자이너 최우수 작품상에는 고정표 부산 일번가양복점의 타운웨어가, 우수 작품상에는 김상백(김상백양복점)과 서일화(이용화양복점)가 선정되었다.

또한 인기 모델 대상에는 도신우와 이계순, 인기 모델상에는 이성주, 최호, 남궁희가 뽑혔다. 행사에 참여한 모든 디자이너에게는 톱 디자이너 인증 메달을 전달하였다.

재창조된 한국적 이미지 부각이라는 새로운 시도는 한국 주문양복업계의 비전과 발전에 무한한 가능성을 제시했다. 그날 행사는 고답적이면서 구태의연한 모방이나 답습에서 탈피하는 계기

가 되었다는 평가를 받았다. 경제적 이득을 도모하기 전에 일부
터 하기 좋아하는 나로서는 기분 좋은 일이었다.

11

자금난

사채를 끌어다가 원단을 사서 6개월 할부로 맞춤 양복을 팔고 할부 대금을
깔아놓은 상태라서 현금은 늘 모자랐다

1974—
고리채 정리

1974-고리채 정리

1974년은 한국 경제의 대전환이 있던 해다. 성장 드라이브를 걸어온 한국 경제는 지하경제 문제를 안고 있었다. 정부는 문제가 더 커지기 전에 일대 수술을 단행해야 했다. 고리채 정리가 그것이다. 그 때문에 복장업계뿐만 아니라 대부분의 자영업자들이 내남없이 큰 위기를 맞았다. 대안을 마련해놓고 단행한 일이 아니어서 업계는 하루아침에 자금줄이 막혀버린 것이다.

당시만 해도 고금리 사채는 시장을 움직이는 문턱 낮은 합법적인 은행이었다. 지하경제를 움직이는 이러한 막대한 자금으로 사회, 경제적 병폐가 심각하게 드러나자 악습과 부패를 정화하겠다는 국민 재건 사업의 일환으로 정부가 대대적인 단속에 나섰던 것이다.

지금처럼 신용카드도 없고 은행권의 신용대출 제도도 없던 시절이어서 대부분의 양복점들은 고가의 원단 구입을 위해 사채를 많이 썼다. 복장업 종사자들에게는 의례적인 현금 유통 방법이었다. 맞춤 양복은 대개 6개월 정도의 할부 판매를 했는데, 지금처럼 직장이나 재산 등 확실한 담보를 신용으로 하는 신용카드가 아닌 개인적인 친분과 믿음을 통해 판매되는 게 대부분이었다. 그렇다 보니 그 대금을 끝까지 받아내는 것이야말로 양복업자들의 가장 큰 고충이었다. 남은 채무를 대신 받아주는 음성적인 업체를 이용할 수도 없고, 잠재 고객인 그들에게 험한 얼굴로 빚 독촉을 할 수도 없었다. 직원 월급과 원단 구입 등 현금은 매달 들어가야 했으니 결국 사채를 끌어 쓴 다음 대금이 들어오는 대로 갚아 나갈 수밖에 없었다. 그야말로 언제 들어올지 모르는 잠재 수익인 것이다.

나는 경제학과를 나왔지만 본래 금전 문제에 무른 성격이었다. 유학자 집안의 가풍을 이어서 양반 소리를 많이 듣고 살지만 경제 관념이 적은 건 치명적인 약점이다.

찰스 김 테일러는 인기 있는 양복점이었다. 하지만 사채를 끌어다가 원단을 사서 6개월 할부로 맞춤 양복을 팔고 할부 대금을 깔아놓은 상태라서 현금은 늘 모자랐다. 잠재 이익은 커졌지만 지출 또한 워낙 많았다. 조합 일에 클럽 일, 잡지사 운영비 대기에 바빴다. 하지만 믿는 구석은 있었다. 3개월 정도의 할부 대금만 들어와도 사채는 깔끔하게 갚아버릴 수 있다는 생각에 안심하고 있었다. 본시 모질지 못한 성격이어서 할부 대금을 달라고 고객들을 재촉하지도 않았다. 알아서 챙겨주면 고맙고 그렇지 않으면 그냥 묻어버렸다. 그뿐만이 아니었다. 고객이 맞춰간 양복에 대해서 조금이라도 불편해하면 망설임 없이 다시 만들어줬다. 몸에 잘 맞지 않는다면 그건 맞춤복이 아니라 기성복이 아니겠는가. 맞춤복은 몸에 딱 맞아야만 하는 것이다. 그것은 나의 분명한 철학이었다.

"사장님, 아까 그 손님은 무려 두 달이나 입어놓고서 이제 와 안 맞는다고 하는 거예요. 그걸 다시 맞춰 주면 우린 뭐가 남아요?"

직원들이 볼멘소리를 하곤 했다.

"아냐, 반대로 생각해봐. 불편한 옷을 두 달 동안이나 입으면서 적응하려고 애썼을 수도 있잖아."

나는 항상 고객을 중시하라고 말했다.

"글쎄요."

직원들은 고개를 갸우뚱했다.

어쨌든 나는 내 철학이 담긴 옷을 만들었고, 그것을 고객들에게 공급했다. 그러다 보니 그야말로 겉으로는 남고 속으로는 빚지는 장사였다. 그래서 나는 지금도 양복장이 해서 돈 벌었다고 하면 다 거짓말이라고 생각한다. 아니, 가게를 유지하는 동안은 그럴 수 있다. 하지만 가게를 정리하는 순간 미수금은 포기하고 부채는 고스란히 떠안아야 했기에 손해가 나고 만다. 그 때문에 폐업도 마음대로 할 수 없었다. 이런 속사정 때문에 양복장이들 가운데는 돈이 있어도 아까워서 쓰지 못하는 짠돌이들이 대부분이었다. 술을 마시러 가도 제일 독하면서 싼 술들만 주문했다. 소주, 고량주 등의 싼 술에 거나하게 취하고 나서야 호기가 발동하면 그때야 뒤늦게 비싼 양주로 기분을 냈다. 그러면서 너스레를 떨었다.

"내가 묶인 돈만 자그마치 1~2억이야. 그거 다 받으면 억대 부자야. 그때 크게 한턱 낼 테니 기다리게나들."

그러면 모두가 너나할 것 없이 자신들의 미수금을 자랑하고 나온다.

"그래, 난 아마 3억 가까이 될걸. 내가 더 부자니까 내가 사지."

허풍이 아니었다. 그만큼 할부대금으로 깔아놓은 돈이 많았다. 그 돈을 수금할 생각만 하면 금세 부자가 된 느낌이었다. 냉가슴 앓는 양복장이들은 거나하게 취해서 행복한 단꿈에 빠져들곤 했다.

월간 『복장계』 간행이 호를 거듭할수록 찰스 김 테일러의 사채도 더 불어갔다. 사채 의존도가 높아졌다는 건 고리에 대한 부담이 커졌다는 뜻이다.

"김 사장, 요즘처럼 힘든데 그 돈 먹는 잡지를 왜 그렇게 만들

려고 애쓰나? 웬만한 중소기업도 잡지 발행 능력이 없다네. 힘
들면 그만 접어."

나를 아끼는 지인들이 만류했다.

"제가 돈 벌려고 잡지 내는 게 아니잖습니까? 이 일은 우리
패션업계의 숙원 사업입니다. 어떻게 해서든 이끌어가다 보면
한국 패션 산업에 큰 밑거름이 될 겁니다."

당시 나는 젊었고 패기가 넘쳤다. 쉬운 일 같으면 내가 시작
하지도 않았다. 나는 자금 사정이 나빠도 어떻게 해서든 『복장
계』만큼은 발간하고자 애썼다. 두 달을 묶어 합본호로 내더라도
그 생명력을 이어갔다. 그러던 중 대대적 고리채 정리의 폭풍을
맞았다. 대부분의 업자들이 그러했듯 나도 직격탄을 맞았다. 사
채를 못 쓰니까 원단 구입이 힘들어졌고 잡지 발행도 힘에 부쳤
다. 치명타였다. 어떻게 이 난관을 극복한단 말인가.

모델 에이전시 준비

어느 날 코리아 모델 클럽 회원인 이성주가 나를 찾아왔다.
본래 탤런트 생활을 하다가 패션모델이 되고자 모델 클럽에 합
류해 부회장직을 맡고 있는 친구였다. 여성 모델 클럽 스루의 회
원들 상당수가 코리아 모델 클럽에 흡수되면서 클럽의 규모와
활동이 꽤 확대된 상태였다.

"회장님, 우리 정식 모델 에이전시를 하나 설립하죠?"

"모델 에이전시?"

"네, 회원 간의 친목 도모 위주의 클럽 말고 영리 목적 회사를 설립하자고요."

이성주는 내 후배였다. 그는 내가 생각하지 못한 일을 계획하고 있었다. 사실 지금까지는 클럽을 만들어 그들을 관리, 홍보하고 사무실까지 제공하고 있었지만 사무실 수익은 거의 없는 상황이었다. 형식적으로야 모델 수익의 일부분을 회사가 공제해 운영비로 사용하게 되어 있지만, 현실적으로는 그 계산이 철저하게 이루어지지 않았다. 모델 클럽에 적을 두고 있으면서 개별적인 활동을 하는 사람은 많지만, 클럽이 모델들을 쫓아다니며 수수료를 요구할 수는 없었다. 지금처럼 매니지먼트 개념이 없어서 모델들의 자의에 맡길 수밖에 없었다. 굳이 체크하자면 일정 부분은 수익을 창출할 수도 있었지만 그것은 내 성정에 맞지가 않았다. 애초부터 영리 목적보다는 패션모델의 개념과 기능적 초석을 다지기 위해 결성했던 것이다.

그런데 내 뒤를 잇는 다음 세대가 벌써 이를 통한 이익 창출을 기획하고 있는 게 아닌가. 나는 그가 옳다고 생각했다. 그렇다. 패션모델 산업의 미래는 밝다. 지금은 어렵지만 머지않아 황금알을 낳는 직종이 되리라.

당시 나는 대부분의 시간을 잡지 『복장계』와 코리아 모델 클럽에 쏟아 붓고 있었다. 그렇지 않아도 자금난에 여러 대책을 모색하던 나는 후배 이성주의 모델 에이전시 제안에 호감을 가졌다. 모델을 양성하고 그들을 활동시키며 돈까지 번다는데 저어할 이유가 없었다. 대신 점차 소홀해질 수밖에 없는 찰스 김 테일러를 이참에 정리하기로 마음먹었다. 마침 운영을 하고 싶다는 사람이 나타났다. 언론계에 종사했던 송 여사는 복장계에는 익숙하지 않았지만 그 열정은 대단했다. 원활한 가게 운영을 위해 실무는 내 밑에서 일을 배운 사촌동생이 맡기로 했다. 나는 양복 원단 값 정도만 정리해 받는 걸로 가게를 양도했다. 보다 정확히 말하면 사장 직함을 건넨 거라고 말할 수도 있겠다. 건물주와의 임대 계약은 내 이름이 그대로 유지되었기 때문이다. 이렇게 가게를 위탁경영 방식으로 돌리고 모델 에이전시 준비를 하면서『복장계』발행에 전념했다.

12

시대의 악몽

세상이란 게 나 혼자만 떳떳하다고 내 편을 들어주는 게
아니라는 것도 당시에는 몰랐다

1975-
성북동 경찰서

1975-성북동 경찰서

찰스 김 테일러를 위탁 경영 방식으로 돌리고, 나는 모델 에이전시를 준비하면서 『복장계』 발행에 전념했다. 그러다가 얼마 지나지 않아 참으로 황망한 일을 당하고 말았다. 지금까지도 되돌아보고 싶지 않은 34년 전의 악몽이다.

1975년 5월 어느 날이었다. 아침 일찍 『복장계』 사무실로 출근하고 있었다. 찰스 김 테일러는 사무실로 가는 길목에 있었다. 충무로 골목길로 들어서자 저 멀리 찰스 김 테일러 간판이 보였다. 그런데 여느 날과 다른 살풍경이었다.

"뭐, 뭐야? 저 짐들은!"

나는 깜짝 놀라고 말았다. 문 밖에 가게 살림살이가 수북이 쌓여 있는 게 아닌가. 나는 황급히 달려가 보았지만 직원은 아무도 보이지 않았다.

'무슨 일이지?'

불길한 예감을 달래며 누구라도 나타나기를 기다렸다. 가게 앞에서 넋을 잃고 서 있는 나를 보았는지 옆집 와이셔츠 가게에서 한 사람이 나왔다. 찰스 김 테일러 한쪽을 막아서 월세를 내고 장사하는 권 씨였다. 평소 성격이 온순하고 무던한 사람이라 그동안 격의 없이 지내왔다. 월세금도 꼬박꼬박 잘 내던 성실한 사람이었다. 양복점을 송 여사에게 넘기자 섭섭함을 감추지 못하며 아쉬워하던 그였다.

"권 씨, 이거 어떻게 된 겁니까?"

나는 그를 붙잡고 까닭을 물었다.

"건물주가 물건을 다 끄집어내놓고 가게 문을 잠가놓았어요."

그는 내게 불퉁거리며 말했다. 그때 그의 가게에서 한 사람이 따라 나오더니 갑자기 내게 눈을 부라렸다.

"당신이 김광수지?"

그는 다짜고짜 나를 챔피언 다방으로 끌고 갔다. 의자에 던지듯 밀쳐 앉히더니 차를 시켰다.

"도대체 왜 그러는 거요?"

"왜? 몰라서 묻소?"

그는 험상궂은 표정으로 윽박질렀다. 자기는 권 씨의 동생인데, 나를 고소하겠다는 거였다. 나는 어안이 벙벙했다. 도대체 무슨 영문인지 알 수가 없었다.

잠시 후 경찰이 다방 안으로 들이닥쳤다. 나는 이 황당한 일을 어떻게 받아들여야 할지 몰라 창백한 얼굴로 꼼짝없이 앉아 있었다. 그런 나를 경찰이 연행했다. 나는 경찰차에 밀려 올라탔다. 우리를 태운 차가 중부경찰서로 들어갔다. 권 씨 동생의 이야기를 들은 경찰관은 이런 건 민사 사건이라며 내 주소지의 해당 경찰서로 가라고 했다.

'도대체 이런 사건이란 게 뭐지?'

나는 자세한 내막도 모른 채 권 씨 형제에게 이끌려 택시를 타고 성북경찰서로 갔다. 경찰은 처음엔 부드러운 어조로 조사를 시작했다. 그때 알 수 없는 전화 한 통이 걸려왔다.

"네네, 그렇습니까? 잘 알겠습니다. 염려 마십시오. 고소장이나 잘 써서 주십시오."

쩔쩔매며 통화를 하던 경찰은 보이지 않는 저쪽 상대에게 깍듯이 인사하고 전화를 끊었다. 그런데 조금 전까지 느긋하게 나를 대하던 그의 말씨가 전화 통화 후 갑자기 달라졌다.

"이것 봐! 바른대로 대라고!"

불길한 예감이 들었다. 나는 전화 좀 쓰자고 요청을 했지만 허락을 받지 못했다. 그렇다고 자리를 뜰 수도 없었다. 이렇게 무기력하게 당하고만 있는 내 자신이 한심했다.

얼마 있다가 경찰이 고소장을 들고 들어왔다. 내가 사기를 크게 쳤단다. 내가 양복점을 송 여사에게 넘기면서 권리금을 받았으면서도 집세를 전혀 내지 않아 찰스 김 테일러의 송 여사와 와이셔츠 가게 권 씨 모두 건물 주인에게서 쫓겨났다는 것이었다. 나로서는 금시초문이었다. 권리금은 뭐고 집세가 밀렸다는 건 또 뭔가? 또 내가 와이셔츠 가게에서 터무니없이 비싼 월세를 받아 매달 그 돈을 착복했다는 이야기였다.

가만히 들어보니 정황 파악이 되었다. 고소인은 권 씨였지만 송 여사 이야기도 들어 있었다. 이미 언급했듯 나는 양복지 값만 받고 찰스 김 테일러에 대한 모든 권한을 송 여사에게 넘겼다. 권 씨도 세를 송 여사에게 내고 있었다. 그런데 경찰은 이렇듯 터무니없는 조서를 꾸며놓고는 무조건 서명하라며 내게 강요했다. 아무리 주위를 둘러봐도 날 도와줄 사람은 없어 보였다.

"말도 안 되오. 이건 모함입니다. 난 권리금이 뭔지도 모르고 와이셔츠 가게 월세는 주변 시세대로 서로 합의해서 받았소. 그리고 그것마저도 가게 운영권을 맡은 송 여사가 받았소. 나는 결백합니다."

나는 말도 안 되는 소리라며 서명을 거부했다. 그러자 조서를 든 경찰관이 내 정강이를 구둣발로 찼다. 나는 부당한 폭력에 순응할 사람이 아니다. 그렇다고 드세게 항의할 만한 깡다구가 있는 것도 아니었다.

"빨리 지장 찍어! 당신 머리가 장발이야. 빨리 안 찍으면 장발로 일주일 구류시킬 수도 있어. 그러니 어서 찍어!"

경찰은 온갖 방법을 다 써가며 나를 괴롭혔다. 나는 조서 내용은 사실과 다르므로 서명할 수 없다며 끝까지 버텼다.

오후 6시가 지나자 닭장 같은 유치장으로 쫓겨 들어갔다. 태어나서 처음으로 경험해 보는 유치장이었다. 지금까지 살아오면서 남에게 싫은 소리 한 번 하지 못했다. 칭찬하는 열 사람보다 원망하는 한 사람을 만들지 않겠다는 게 내 생활 철칙이었다.

그곳에서 꼬박 뜬눈으로 밤을 지새웠다. 먹고 산다는 게 뭔지 그런 상황에서도 저녁식사로 나온 주먹밥이 목에 넘어갔다. 나는 유치장에 쪼그려 앉아 내 삶을 반추해보았다. 화려한 무대에서 활보하던 내가 어쩌다 이런 험악한 데까지 오게 되었을까. 지금껏 누군가로부터 원망 한 번 들어보지 않고 살았다고 자부한다. 셈이 분명하고 솔직한 성격의 아내가 얼마 전 내게 이런 말을 했다.

"사지육신 멀쩡하고 공부도 많이 해서 똑똑한 사람인 줄 알고 결혼했는데 알고 보니 미련한 분이십니다. 그깟 패션쇼가 뭐라고, 잡지가 뭐라고 이렇게 고생을 하십니까. 당신 아니면 어디 할 사람 없답니까? 누가 알아준다고 그런 고집을 부리십니까. 명분도 좋다지만 자라는 아이들 생각해서 실리도 챙기셔야죠."

아내의 말은 구구절절이 옳았다. 한마디로 말하면 내가 바보라는 얘기였다. 잘되던 가게까지 정리하면서 잡지를 유지하는 남편이 못내 원망스러웠을 것이다. 묵묵히 믿고 따르던 아내였지만 결국 울화를 토해냈다. 하지만 생활비 한 번 거르지 않고 충실하게 가족을 지켜온 나는 떳떳했다. 누구한테 좋은 소리 듣자고 해온 일은 더더구나 아니었다. 너무도 열악한 패션업계였다.

다음 날 아침, 처삼촌이 경찰서로 찾아왔다. 그런데 합의만 하면 곧 풀려난다니 웬만하면 동의해주라는 말만 남기고 돌아갔다. 이해가 되지 않았다. 도대체 내가 하지도 않은 일을 시인하라니.

경찰관은 어제보다 더 큰 소리로 나를 다그쳤다.

"이 사람 못됐는데! 이번에는 당신에게 가게를 넘겨받은 사람도 고소했어."

송 여사였다. 갑자기 기가 팍 죽었다. 송 여사가 무슨 억하심정이 있어서 나를 고소했단 말인가. 일이 점점 이상하게 꼬여가고 있었다. 그토록 잘나가던 내 운명이 뒤틀려간다는 느낌이 들었다.

얼마 전의 일이었다. 퇴근길에 찰스 김 테일러에 들려 잠시 송 여사를 만났었다. 생각보다 양복점 운영에 어려움이 많은지 표정이 밝지 않았다. 두어 달 밀린 집세를 주인에게 전하려고 사직동 집으로 찾아갔지만 부재중이어서 만나지 못했다는 것이다. 다시 찾아갔지만 이래저래 피하며 만나주질 않아 아직까지도 못 전하고 있다고 내게 하소연했다. 사정이 딱해 나라도 건물 주인을 만나봐야지 해 놓고 바쁜 나머지 미루고 있었다.

나중에 안 일이지만, 건물 주인은 1층을 다른 용도로 쓰고 싶었던 모양이다. 그런데 송 여사가 쉽게 나갈 것 같지 않자 독한 마음을 먹고 밀린 월세를 핑계로 내쫓은 것이다. 어쩌면 비싼 권리금을 받고 다른 이에게 임대하려 했는지도 모르겠다. 어쨌든 와이셔츠 가게의 권 씨도 그런 식으로 쫓겨났다. 두 사람 모두 금전적 손해는 없지만 마음은 많이 상했을 테다.

이것도 나중에 안 사실이지만, 사단은 이랬다. 마침 중앙정보부에 재직하고 있던 권 씨의 동생이 형의 억울한 사정을 듣고 화가 났다. 그런 김에 분풀이할 대상으로 만만한 내가 걸려들었다. 아니, 어쩌면 자신의 실력을 과시할 대상을 찾고 있었는지도 모른다. 그 동생이 순한 형을 충동질해 고소장을 쓰게 하더니 이제는 송 여사까지 꼬드겨 추가로 고소장을 내게 한 것이다.

법에 대해 문외한인 나는 죄가 없으니 곧 풀려나겠지, 하는 마음으로 속 편하게 버텼다. 당시 정보부의 파워가 어떤 것인지, 악재가 끼면 얼마나 깊은 수렁까지 추락할 수 있는지, 세상이란 게 나 혼자만 떳떳하다고 내 편을 들어주는 게 아니라는 것도 당시에는 몰랐다.

13

구치소 생활

6개월 만에 구치소를 나와보니 모든 것이 달라져 있었다.
더 이상 내가 살던 세상은 없었다

서대문 구치소

서대문 구치소

　나는 서대문 구치소로 송치되었다. 구치소 생활은 생각보다 편했다. 경찰서 유치장과 달리 괴롭히는 사람도, 찾아오는 사람도 없으니 우선은 마음이 안정되었다. 밥도 잘 먹었다. 작은 방에 6~7명이 누워 함께 잠을 잤다. 처음 서울에 상경한 때 이후로 오랜만에 겪는 합숙이었다. 초라한 방에서 푸른색 죄수복을 입고 지내니 누가 잘나고 못났는지 구별되지 않았다. 그래도 하루 종일 붙어 있다 보면 자연히 사람 됨됨이나 개인사가 드러났다.

　대부분이 경제사범이었다. 딱 한 사람만이 정치범이었는데, 모 선생이라는 그분은 사형수였다. 그는 먹고 잠자는 시간 빼놓고는 늘 책을 보며 지냈다. 말소리는 조용조용 했지만 누가 재미있는 말을 하면 웃기도 잘했다. 선한 인상에 성격 좋은 사람이었다. 이런 사람이 어쩌다 사형수가 되었을까. 그는 경기고등학교 수학 선생으로 통혁당 사건의 주동자 가운데 한 사람이었다. 1968년 중앙정보부의 발표로 세상에 알려진 '통일혁명당 간첩단 사건'은 1970년대를 전후해 가장 민감하고 복잡한 정치 사건 중 하나였다. 지금에야 사건의 전모가 드러나 그들의 억울함이 풀렸지만 당시에는 수많은 사람들이 꼼짝없이 간첩으로 몰려 사형당했다. 그야말로 미숙한 시대가 남긴 악령이었다.

들어온 지 오래인 선생을 다들 방장으로 모셨다. 앞으로 어떻게 될지는 몰라도 머지않아 나가게 될 거라며 누군가 내게 귀띔해 주었다. 선생이 없을 때면 다들 이같이 모여 앉아 앞날을 걱정했다. 그곳에선 남 일이란 게 없었다. 모두가 똑같이 억울했고 모두가 무죄였다. 그렇기에 감방 동기의 죽음은 곧 다가올 나의 죽음이요, 누군가의 석방은 곧 다가올 나의 자유였다.

그렇게 속절없이 시간이 흘렀다. 나는 점점 마음이 급해져갔다. 늦어도 한 달이면 되겠지 한 것이 벌써 두 달이 다 되어가고 있었다. 그런데도 재판 소식은 없었다. 서상국 원장이 종종 안부를 묻는 편지를 보내고 면회도 왔다. 그러면서 업계에서 선처해 달라는 청원서를 제출했으니 너무 고집 부리지 말고 고소인과 화해를 하라고 내게 당부했다. 그때만 해도 아직 젊어서 그랬는지, 그런 말에 동의할 수 없었다. 차라리 제일모직에 대항할 때처럼 그만둘 핑계라도 있으면 좋으련만 이번에는 사정이 달랐다. 하지 않은 일을 했다 말하고 몸이 편해진들 그 마음의 무게는 어떻게

지고 평생을 살아갈 것인가.

구치소 생활이 길어지면서 세상에 대한 배신감이 커져만 갔다. 경찰서에서야 어떻게든 올가미를 씌워 잡아넣으려고 했다고 하지만, 검찰도 마찬가지였다. 아니, 더한 사람들이었다. 말도 함부로 하고 심한 욕설을 내뱉으면서 인간적인 모멸감을 주었다. 또 변호사는 어떤가! 사건 내용을 한 번이라도 제대로 읽어본 건지 찾아와서는 엉뚱한 소리만 몇 마디하고는 금세 휭하니 나가버리는 것이었다.

결국 구치소에 들어온 지 석 달 가까이 지나서야 재판이 열렸다. 판결은 초범에다 정상을 참작하여 집행유예 3년이 내려졌다. 어이가 없었다. 대한민국이 법치국가 맞는가? 어떻게 이런 재판이 성립한다는 말인가. 물론 나는 즉시 항소했다.

얼마 후 집사람이 면회를 왔다. 부탁한 책을 넣었단다. 그런데 말끝을 흐리더니 눈물을 흘렸다.

"미안하구려. 옥바라지하느라 마음고생이 많지?"

나는 아내를 위로했다. 고생 없이 자란 아내는 세상 물정을 잘 몰랐다.

"그래서가 아니랍니다."

아내는 도리질을 쳤다.

"왜 그러는 거요?"

"우리 집이 넘어갔어요."

"뭐라고?"

나는 머리에 번개를 맞은 느낌이었다.

"누구에게 말이오?"

"사채업자에게요."

나는 눈앞이 캄캄했다. 판잣집을 구입해서 3층으로 세운 집이었다. 직접 벽돌을 찍고 현장감독을 해서 지은 그야말로 피와 땀이 밴 집이었다.

사채가 화근이었다. 『복장계』를 발행하면서 대학 동기가 소개한 사채업자에게 집을 담보로 돈을 좀 빌려 썼다. 집 가격에 비하면 얼마 안 되는 금액이었다. 내가 구치소에 들어가기가 무섭게 집에 차압이 들어왔단다. 결국 아내는 아이들을 데리고 친정집으로 옮겨가게 되었다. 낭패였다.

"삼촌이 그러시는데 인감도장을 찍어 주어야 한대요."

아내는 울먹이면서 내 동의를 구했다. 나는 자세히 물어볼 수도 없었다. 어차피 묻는다 해도 구치소에 갇힌 내가 할 수 있는 일은 아무것도 없었다. 감방에서 두 다리 뻗고 자는 내가 오히려 미안하고 죄스러웠다.

"처삼촌 마음대로 하라고 해요."

나는 솔직히 될 대로 되라는 심정이었다. 어차피 내 맘대로 안 되는 세상인걸.

항소 심의 기간이 기약 없이 흘러갔다. 결국 다시 석 달을 넘겨서야 법정에 들어설 수 있었다. 이번에는 변호사도 없이 진행

되었다. 처삼촌이 고소인 측과 합의를 했으니 재판 직후 석방될 거라고 했다. 결국 1심보다 1년 반이 줄어든 집행유예를 선고받았다. 그렇게 고집을 부리더니 6개월이 지나서야 서대문 빨간 벽돌집을 나왔다. 밖에서 기다리던 집사람과 어느 작은 여관방에서 하룻밤을 지새웠다. 다음날 아침 버스를 타고 구파발로 향했다.

1975-『복장계』 폐간

6개월 만에 구치소를 나와보니 모든 것이 달라져 있었다. 더 이상 내가 살던 세상은 없었다. 그 사이 집사람이 구파발에 얻은 월세 쪽방 하나가 전부였다. 허리를 굽히고 방 안으로 들어갔다. 누가 그랬던가, 행복은 과거에만 있다고. 당시에는 이 모든 게 행복인 줄 몰랐다. 그냥 당연한 것으로 여기고 더 나은 미래, 어딘가에 있을 행복으로 가는 고된 과정이라고 생각했다. 그런데 그때 되돌아보니 정작 지나온 모든 게 행복이었다. 한층 한층 공들여 쌓은 3층집은 빚쟁이들에게 넘어갔고, 기흥에 사놓은 작은 땅뙈기도 사라졌다. 남부럽지 않던 양복점, 찰스 김 테일러 간판도 흔적 없이 내려졌다.

무엇보다 가슴 아픈 건 잡지 『복장계』의 폐간이었다. 생각보다 구치소 생활이 길어지자 나는 조바심이 났다. 선장 없이 좌초

위기에 처한 『복장계』를 구하는 게 급선무였다. 잡지사로 편지를 썼더니, 다행히 인쇄소 최 사장이 『복장계』를 떠맡겠다고 연락이 왔다. 물론 발행인은 더 이상 김광수가 아니었다. 그렇게라도 해서 폐간의 위기를 넘길 수 있다면 무슨 상관이랴 싶었다. 그런데 최 사장도 힘에 부쳤는지, 내가 구치소에서 나오고 얼마 지나지 않아 『복장계』는 폐간되고 말았다. 장장 1년 반 동안 19호를 거듭하면서 이어온 그 끈질긴 생명력을 그만 놓아버린 것이다. 결국 내게 남은 건 미련한 남편을 원망하는 아내와 불투명한 미래뿐이었다. 그렇게 무심한 세월이 흘렀다.

나는 아주 낙천적인 사람이다. 그리고 과거는 쉽게 용서하고 잊는 편이다. 중요한 건 현재이며 현재는 머뭇거리는 자에게 기회를 주지 않는다.

1975-제1회 댄디 맥그리거 패션쇼

1970년대 중반에 접어들면서 국내 유수의 대기업들이 패션계에 속속 참여하게 되었다. 한국 경제의 놀랄 만한 발전으로 섬유업계의 국내 시장 규모도 전과는 비교가 되지 않을 만큼 팽창하기 시작하였다. 국내 신사복계에도 큰 변화가 일어나게 되었다. 1972년 제일모직이 기성복 브랜드 '댄디(Dandy)'를 선보였으나 총판 시대의 이미지 때문에 빛을 보지 못하였다. 그러던 와중에

1975년 삼성물산이 댄디를 인수하면서 기성복 업계에 본격적으로 진출하게 된다.

댄디는 신사복 정장과 점퍼류를 주로 선보였고 소량의 스포츠웨어를 생산하다가 기성복 고급화를 위해 브랜드를 '버킹검'으로 바꾸었다. 매스컴을 통한 대대적인 광고를 통해 '결론은 역시 버킹검'이라는 CF 멘트를 유행시키면서 그 규모를 확장해 나갔다. 한편으로는 서독과 미국에서 최신 기재를 도입, 과학적 봉제 기술을 습득하여 세계 시장에 도전하는 기술 향상의 기틀을 마련했다. 지난 5년여의 준비 기간을 거쳐 1975년부터 국내 패션계를 이끄는 오피니언 리더로서 제품 하나하나를 선보이는 기회로 마련한 것이 1975년 11월 6일 '제1회 댄디 맥그리거 패션쇼'다.

국내 최초의 기성복 패션쇼를 연출할 책임자를 물색하던 삼성물산 판촉팀 구본무 팀장에게서 연락이 왔다. 국내 첫 공식 기관 패션쇼부터 시작해서 다양하고 수많은 패션쇼를 기획, 진행해온 사람은 단연 나밖에 없다며 자신이 적극적으로 추천했단다. 문득 얼마 전 삼도물산의 개발실장이 될 뻔했던 씁쓸한 일들이 기억났다.

이기봉 선생에게서 연락이 왔었다.

"삼도물산 개발실장 자리가 났는데 생각 있어?"

이기봉 선생은 이용화 선생이 세상을 떠난 뒤 이용화양복점을 나와 기성복 제조업체인 삼도물산에서 기술부장으로 일하고 있었다. 그분의 추천이라면 일해볼 만하다고 생각했다.

"좋습니다."

"그럼 이력서 내고 면접 봐봐. 내가 나름대로 손을 써둘 테니까." 그렇게 해서 면접을 봤다. 결과는 탈락이었다. 이유인즉슨 이것저것 별 볼일 없는 이력이 너무 많고 커서 부

1975년 제1회 댄디 맥그리거 패션쇼 팸플릿

담스럽다는 평가였다. 실망한 나는 이제부터는 부담이 될 이력은 가능한 한 줄이고 간단히 적기로 마음먹었다.

그런데 구치소를 나와 일거리를 찾고 있던 참에, 삼성물산 관리팀 서정웅 과장이 나를 삼성물산 개발실장으로 추천했다. 나는 반갑고 고마웠다. 당장 간략한 이력서를 써서 제출하고 면접을 봤다. 그런데 또 떨어졌다. 하필이면 그전에 이용화양복점 시절 제일모직 원단 불량 문제로 다투었던 유 과장이 마침 그곳의 부장으로 있었고, 그가 나를 거부했다는 것이다. 솔직히 그 일은 내 허물이라고 할 수 없었다. 잘못은 제일모직 측에 있었고 나는 중구조합의 임원으로서 당연히 해야 할 일을 한 것뿐이다. 더구

나 여러 선생들의 회유가 있어서 못 이기는 체 설복된 처지였다. 그걸 유 과장이 모를 리 없었다. 내 올곧은 품성 또한 서상목 원장에게 들어서 잘 알 터였다. 하지만 역시 불편함은 있었을 게다.

어쨌든 삼성물산과의 인연은 한국 최초 기성복 패션쇼인 제1회 댄디 맥그리거 패션쇼 연출을 맡으면서 다시 이어지게 되었다.

국제양모사무국 한국사무소에서 후원하고 코리아 모델 클럽에 소속된 회원 다수를 다시 모아 참여시키면서 패션쇼는 성황리에 끝마칠 수 있었다. 이 행사는 지난 반년 이상의 침체기를 극복하고 내가 다시금 복장계에 뛰어들어 굳은 의지를 다져 나갈 수 있는 좋은 기회가 되었다.

제1회 댄디 맥그리거 패션쇼
- 주최 : 삼성물산주식회사(기획 : 판촉팀)
- 발표 내용 : 1부 - 비즈니스웨어와 캐주얼, 2부 - 스포츠웨어, 3부 - 행운권 추첨, 4부 - 폐회
- 출연 모델 : 도신우, 최호, 김원섭, 공종렬, 김석기, 이재연, 신성훈, 이우종, 박병호, 김준, 김진, 김윤형, 임예진 외 학생 5명, 아역 10명
- 연출 : 김광수
- 사회 : 이현애 아나운서

- 해설 : 하원재

- 밴드 : 영에이스

- 가수 : 김준, 선우영아

14

무대의상 제작

이 나라 연극사 이래 가장 큰 극장, 가장 큰 무대에서 가장 많은 물량과 인원의 투입
으로 만들어진 엄청난 모험이 심판대에 올랐다

1978-
〈바람과 함께
사라지다〉무
대의상 제작

1978-〈바람과 함께 사라지다〉 무대의상 제작

챔피언 다방 2층에서 찰스 김 테일러를 운영하던 시절, 동국대학교 연극영화과 이진순 교수가 찾아왔다. 이용화양복점 시절부터 친분이 깊던 분으로 연극계 유명 인사였다.

"선생님, 웬일이세요."

"어, 잘 돼가나? 일찍 못 와봐서 미안해. 찰스 김 테일러를 이제야 신문에서 봤지 뭐야. 진작 연락 주지 그랬어. 클럽 왕실 기사도 여기저기서 많이 보았네. 열심히 잘하더군."

그날 이후로 이 교수는 곧잘 찾아주었다. 남산 드라마센터나 명동에 나올 때면 일부러 들러 좋은 말씀 한마디씩이라도 꼭 남겨주고 갔다. 특히 연극 의상에도 관심을 가져보라며 충고도 해주었다. 당시 국내 연극계는 1970년대에 들어서면서 부쩍 공연

횟수가 증가했다. 하지만 아직 질적으로는 완성도가 낮았고 소품이나 무대의상을 담당하는 전문가도 채 확보되지 못한 상태였다.

이 교수는 매사에 적극적이고 인간적인 분이었다. 그때 마침 세상을 뜬 아버지의 빈자리가 컸던 때라 유독 그분을 따랐던 기억이 있다. 그래서 해가 바뀔 때마다 꼬박꼬박 세배를 다녔다. 선생 또한 나를 아끼고 좋아해서 동료나 제자들에게 나를 적극적으로 소개해주었다. 김의경, 차범석, 허규, 오태석 선생, 무대감독 유경환, 연출가 김상열 씨와 그 밖의 많은 배우들이 모두 이때 맺은 인연이었다.

특히 이 교수의 제자였던 김의경 씨가 제작하는 소규모 연극 작품에는 종종 무대의상도 만들어주고는 했다. 그리고 이러한 인연이 결국 1978년 국내 초유의 대작 〈바람과 함께 사라지다〉에서 내가 남성복 의상 제작을 맡는 데까지 연결되었다.

〈바람과 함께 사라지다〉는 1939년 미국 셀즈닉 영화사가 영화화해 전 세계적으로 히트한 세기의 작품이었다. 이런 감동의 대서사극이 우리나라 연극 사상 최대 규모로 연극화돼 무대에 오르게 된 것이다. 그야말로 대한민국 연극 무대에 신기원을 여는 일이었다.

당시 이진순 선생은 한국연극협회 이사장이었다. 한국예술원상을 탄 국내 최고의 연극 연출가이기도 했다. 김의경 선생은 국립극장 공연과장을 거쳐 당시 현대극장 대표를 역임하며 제1회

대한민국연극제 대통령상을 수상한 국내 최고의 연극인이었다. 그런 이들이 남성복 제작 책임자로 나를 선택했다.

여성복 담당으로는 국제복장학원 원장이자 한국 여성 복식계의 거두인 최경자 선생이 선정되었다. 노라노 선생과 더불어 국내 패션계의 최고 원로며 교육자요, 사업가로 1968년에 잡지 『의상』을 발행하면서 남성복 코너를 필자에게 맡겨주기도 했다. 또한 매월 연재하는 내 사진과 글을 자신의 회원들에게 소개도 해주었다. 평소 이용화 선생이나 서상국 원장과도 친분이 깊었지만, 특히 날 많이 아끼며 관심을 가져 주었다.

최경자 선생은 1970~1980년대의 뮤지컬 〈바람과 함께 사라지다〉, 〈사운드 오브 뮤직〉, 〈뿌리〉 등 현대극장의 작품 십수 편에서 무대의상 남녀복을 나와 나누어 맡았다. 나는 틈틈이 선생의 학원 연구원생들에게 '서울 올림픽과 한국 복식 산업'이란 주제로 특강도 해주었다. 또한 나는 최 원장의 아들인 현우 씨, 딸 혜순 원장과도 친분이 두터운 사이였다. 나의 친구 고 유병창 교수가 당신 학원의 스타일화 선생이었고, 손일광은 전위 복식 예술가로 최 원장에게 주례를 부탁하기도 했다. 최 원장이 아끼고 좋아하는 제자 중 하나였던 손일광은 우리 찰스 김 테일러에서 개성 있게 만든 차이나 스타일 예복을 입고 최경자 여성 주례 앞에 나타나 주변 사람을 놀라게 하기도 했다. 지금 고희, 산수를 넘어 곧 백수를 바라보는 선생은 참으로 다복한 분이다.

당시 나는 '명동미조사' 대표였는데 동양방송의 역사드라마 〈마포나루〉의 남성 의상 제작을 맡고 있었다. 빌딩 관리 사업 등으로 바빴던 유명한 재력가 이종규 사장의 권유로 명동 유네스코 앞 '명동미조사'를 떠맡아 경영했다. 그러면서 구한말 시대극에 사용될 남성용 프록코트, 하이칼라 셔츠와 모자 등의 드라마 의상을 제공했던 것이다. 당시 드라마 자막에는 '의상 협찬 : 명동미조사 제공', '의상 디자인 : 김광수(명동미조사 대표)'라고 나왔다.

〈바람과 함께 사라지다〉의 무대의상 제작 의뢰가 들어왔을 때 나는 처음에 다른 선배를 추천했다. 그때까지 소극장용, 방송 드라마용 무대의상을 만들어왔을 뿐인 나로서는 한 번도 경험해보지 못한 대작에 대한 부담감이 컸기 때문이다. 나보다는 복장계에 조예가 깊고 경험이 많은 서상국 원장을 추천했다. 그러나 이진순 선생과 김의경 씨는 끝내 나를 고집하며 대본 한 권과 캐스팅 명단을 보내왔다.

그때 출연진은 다음과 같다. 백일섭, 임동진, 이순재, 박인환, 유인촌, 기정수, 강부자, 김을동, 유지인, 사미자, 최주봉, 전원주, 김길호, 양재성, 김덕남, 이대로 등이었다. 역시 국내 최고의 대작답게 쟁쟁한 스타들이 총출연했다.

나는 뛰어난 전문가와 많은 선배들을 제치고 이 같은 대작의 남성복 의상 제작을 내게 맡겨준 그들에게 감사했다. 새로운 도전에 대한 흥분도 잠시, 결국 일을 수락하고 나니 걱정이 밀려들기 시작했다.

무대의상 디자이너의 일

대본을 수없이 읽고 복사된 영화를 구해 보고 사진이 있는 복식사는 물론 해묵은 영화 잡지도 찾아 읽느라 많은 시간을 쏟아부었다. 당시에는 지금처럼 인터넷을 이용한 총천연색의 다양한 정보를 앉은자리에서 접할 길이 없었다. 발품이 곧 정보고 그렇게 모아진 정보가 곧 경쟁력이었다. 영화를 보며 스케치한 디자인을 기본으로 하여 본격적인 구상을 하기 시작했다. 작품의 배경은 미국 남북전쟁 시대다. 한복이 그 누구보다 한국인에게 잘 어울리듯 그들의 복장은 미국인에게 가장 잘 어울리는 것이었다. 그것을 둥글넓적한 몽골리언의 키 작은 몸뚱이에 맞추려니 그 이질감을 해소할 길이 없었다. 더구나 내가 고른 붉은 의상이 눈부신 조명 아래서도 같은 붉은색일 리가 없었다.

'어떻게 하면 본연의 색을 그대로 살릴 수 있을까?'

작업이 구체적으로 들어가면 갈수록 걱정과 후회가 밀려왔다. 하지만 태평하게 후회할 시간조차 없을 정도로 제작 기간은 매우 짧고 촉박했다. 배불뚝이 오하라(이순재 분)에겐 어떤 의상을, 바람둥이 버틀러(백일섭 분)에겐 또 어떤 옷을 입혀야 잘 어울릴까.

이상한 색상의 원단과 기본 약정된 의상 외에 시대 상황이나 캐릭터에 필요하다고 여겨지는 각종 액세서리와 소품을 찾아 남대문 도깨비시장과 청계천 7~8가 인사동 골동품 가게 등 구제품 시장을 구석구석 찾아 헤맸다. 시장을 돌 때마다 인조가죽은 어떤 때, 망사는 어디에 쓸지 등등을 떠올리며 옛것 지금 것 구별 없이 귀한 것을 찾아 시장 어느 골목에 무엇이 있는지를 수첩에 메모해두는 것이 이미 습관이 되었다. 언제, 어디서 필요할지 모르니까 말이다. 이사할 때마다 모아둔 옷가지며 자질구레한 소품 보따리들로 다락방이 가득 차서 아내와 실랑이도 벌이곤 했다.

연극 의상을 위해서는 시대 배경과 유행 감각, 색감과 실루엣을 정해야 하고, 동작에 따른 기능성 및 미적 감각을 고려해 신속한 제작 인원을 구성, 대처할 수 있는 준비가 필요했다. 돈이 적으면 적은 대로, 제작할 옷 수가 많든 적든 간에 융통성 있게 처리해야 하는 것이 무대의상 담당자의 자세라고 믿었다.

무대의상 디자이너는 먼저 대본을 몇 차례에 걸쳐 읽고, 비디오 필름을 보는 자리에서 스케치를 한다. 그리고 고증과 확실한 증거를 담은 참고문헌을 찾는 데 시간을 할애하고, 인물들을 선정하는 제작 프로그램이 확정되면 그 뒤에 자기가 필요한 시장보기나 준비물을 확보하며 제작에 착수하게 된다. 이러한 무대의상 만들기 과정을 접하면서 나는 점차 그 매력에 빠져들게 되었다. 그 때문에 연극이 좋아서 무대의상을 하고 있는 거라는 생각이 들었다. 시간과 비용이 부족하면 그냥 지나쳐도 되는 일에도 단 하나의 효과를 위해 노력하고 열정을 쏟아 부었다. 그러면서 많은 것을 배웠다.

이렇게 어렵사리 구해서 만든 의상들을 그때그때 연기자에게 직접 전달했다. 가봉을 위한 별도의 시간도 주어지지 않아 연습 중인 배우들을 틈틈이 불러 가봉했다. 그런데 공연 신발 제작이 늦어져 배우들은 슬리퍼를 신고 연습을 해야 했고, 나는 있지도 않은 신발의 높이를 감안해 의상을 준비해야 했다. 결국 신발은 공연 이틀 전에야 완성이 됐고 나는 그 뒤에야 바지 밑단을 재봉할 수 있었다.

연미복 10벌, 평상복 15벌, 군인 장교복 및 특수복 15벌 등 주연급 스타들의 옷을 40여 벌이나 만들었다. 세분하면 버틀러 역의 백일섭 씨 4벌, 임동진 씨 2벌, 이순재 씨 3벌, 박인환 씨 2벌, 김길호와 기정수 씨가 2벌, 기타 군인 장교복이 10여 벌, 그 외 연미복과 캐주얼웨어가 다수였다. 별도로 제작된 부상병을 위한 군복 40여 벌은 새 옷을 찢고 불태울 뿐만 아니라 시멘트 바닥에 문지르고 일부는 핏빛으로 물감 칠을 해야 하는 등 온갖 수단을 다 동원했다. 참으로 까다롭고 섬세한 작업 과정이었다.

무대의상의 성공 여부는 조화에 달려 있다. 3막 16장의 장면 장면이 변할 때마다 시간과 장소에 따른 변화 있는 의상으로 배우를 돋보이게 함과 동시에 그들이 발하는 카리스마에 관객의 시선을 붙잡아둬야 했다. 나는 의상 한벌 한벌을 예술 작품인 양

만들어 나갔다. 이 옷들이 뛰어난 배우들의 연기와 훌륭한 연출로 빚어낼 무대의 영상화! 그것이 바로 내 일이자 이 공연을 성공시키는 바로미터였던 것이다.

공연 준비 과정

"1부 공연 첫날인 1978년 11월 16일은 우리 스태프들에게 가장 길고 고된 날이었다. 타이탄 트럭 여덟 대분의 장치 조각들이 제 위치를 찾는 데만도 오전 내내 진땀을 흘려야 했다. 매표소 앞에 관객들이 줄을 서기 시작한 오후 5시까지 미처 제자리를 찾지 못한 소품과 장치들이 부모 잃은 고아들처럼 무대 위에서 방황했다. 이 나라 연극사 이래 가장 큰 극장, 가장 큰 무대에서 가장 많은 물량과 인원의 투입으로 만들어진 엄청난 모험이 심판대에 오른 것이다. 통역도 없이 이 공연에 참여한 일본인 장치 제작자는 한국 기술진들과 망치, 톱을 흔들면서 함께 열을 올렸고, 연출자 이진순 선생과 자리를 같이한 일본인 조명 디자이너 역시 통역 없이 장내 마이크로 지시를 내렸다."

조연출을 담당한 김상열 씨의 소회다.
애틀랜타 시에서 탈출하는 장면에서는 말 한 필을 무대 위에 직접 등장시키자는 제작진의 의견이 있었다.

"하지만 말은 무대 위에서 조명과 박수를 받으면 놀라서 객석을 향해 뛰어나갈 거요."

연출가 이진순 선생이 지적했다.

"그럼 어떻게 하죠?"

"만들어야지요."

"잘 만들어야지, 안 그러면 우스꽝스러울 텐데."

심각한 고민 끝에 일본에서 모형 말을 주문하기로 했다. 그것이 김포공항을 통해 연극 무대에 서게 됐을 때, 연극의 국제 교류를 실감했다. 커다란 모형 말 안에 들어갈 두 사람을 엄선하는 데 애를 먹었다. 말의 앞다리와 뒷다리가 정교하게 맞으려면 평소에 호흡이 잘 맞는 두 사람이 필요했다. 키와 체격 등이 까다로운 심사 대상이었다. 결국 선발된 두 사람 중 한 명이 지금은 개성 넘치는 유명 배우가 된 김갑수 씨다. 그는 말의 앞다리 역을 맡았는데, 아무리 작은 역을 맡아도 소홀함이 없이 진지하게 노력하는 훌륭한 배우였다. 두 배우는 뚝섬 경마장에서 한 달간 현장 견학을 하면서 말의 동작과 생태 그리고 다리의 움직임 등을 익혔는데 움직일 때보다 정지해 있을 때가 더 힘들다며 당시의 경험담을 들려줬다.

애틀랜타 시가지의 화재 장면을 위해 일본에서 구한 특수 명멸 전구와 기술자가 공연 일주일을 앞두고 김포공항에 도착했다. 그는 호텔에 여장을 푸는 즉시 작업복으로 갈아입고 망치와 톱이 든 가방을 들고 작업장으로 달려왔다. 원로 장치 제작자 마츠키 카츠지 씨의 연극에 대한 책임과 그 열정에 모두가 놀라지 않을 수 없었다.

대사가 제일 많은 유지인 씨는 가장 먼저 대본을 외워 주위 사람들을 놀라게 했다. 그녀의 연극에 대한 겸허한 자세나 열정에 가득 찬 집념은 〈바람과 함께 사라지다〉 1부 공연 이후 뒤따른 영화나 TV에서 기적같이 급성장하는 결정적인 밑거름이 되었다. 확실히 연극 무대는 배우가 연기의 기초를 다지는 좋은 훈련장이었다.

많은 사람들의 기우를 뒤엎고 백일섭 씨는 레트 버틀러 역을 잘 소화했다. 그는 연출자나 주위의 견해와 충고에 아주 솔직담백하게 귀를 기울이는 소탈한 성격이었다. 그것은 도도하던 다른 연기자들에게 좋은 귀감이 되었다. 중견 배우 백수련과 강부자 씨의 자상하고 폭넓은 대인 관계는 시종 연습장의 분위기를 안방처럼 활기 넘치게 만들었다.

연습장의 열기와 긴장감은 연출가 이진순 선생의 재떨이에서 가늠됐다. 줄담배로 유명한 그가 피워 댄 하루 평균 담배 개수는 50~60개비였다. 조연출의 임무 중 하나는 바로 연출가의 책상에서 담배가 떨어지지 않게 하는 것이요, 언제나 재떨이를 깨끗하게 비워놓는 일이었다.

환갑이 넘은 연세에 보여주는 젊은이들도 따라가기 어려운 정력과 집중력은 이진순 선생의 연극에 대한 열정이 어느 정도인지 여실히 드러내는 것이었다. 이 선생은 '갸 안 돼요!'라는 애칭으로 불렀다. 그는 또한 한 달에 옷을 서른 번이나 바꾸어 입는 멋쟁이기도 했다. 그 때문에 여자 연기자들이 흠모하는 대상이 되었다.

남북전쟁 당시의 생활상과 의상 소품을 고증하기 위해 전 스태프가 영화 비디오를 세 번 이상 관람했다. 남녀별, 스타일별로 분석하고 TPO(time, place, occasion)에 맞게 의상을 결정했다. 그들의 능력과 열정에서 빛이 났다. 분위기에 맞는 소품이나 액세서리도 무슨 방법으로든 준비했다. 바로 이런 이들이 나는 디자이너라고 생각한다.

15

마지막 대형 무대

마치 등대 없는 암흑 속 항해처럼 느껴지던 첫 공연이 성황리에 끝났다

1978 –
〈바람과 함께
사라지다〉 1부
공연 첫날

1978-〈바람과 함께 사라지다〉 1부 공연 첫날

1978년 11월 16일 세종문화회관 대강당에서 중앙일보·동양
방송의 창간 13주년 기념 공연 〈바람과 함께 사라지다〉 1부는
4500석을 꽉 메운 관객들의 기대와 환호 속에 4일 동안의 대장
정의 막을 올렸다.

우리 연극의 실험적 모험에 앞서

〈바람과 함께 사라지다〉의 제작 의도를 굳이 실험적인 모험이
라 규정짓는 것은 미지의 가능성에 던지는 최초의 투망(投網)
이기 때문이다. 모험에 따르는 필연적인 희생을 극복하고 우리
는 미지의 가능성을 향해 오직 긍정적인 확신만을 신조로 출발
한다. 그리하여 일개 극단의 영달에 국한되는 것이 아니라 한

국 연극의 새로운 진로를 확립하는 데 작은 돌파구가 되었으면 하는 것이다. 중앙일보와 동양방송의 막대한 후원에 힘입은 바를 밝힌다.

극단 현대극장 대표 김의경

각색을 하면서

〈바람과 함께 사라지다〉, 이 소설의 매력은 뭐니 뭐니 해도 인물 묘사의 묘미일 것이다. 스칼렛이 태양이라면 멜라니는 달이며, 버틀러가 폭풍이라고 한다면 애슐리는 깊은 연못이다. 이 각각 다른 성격과 성격 사이에서 이루어지는 갈등과 반발, 흡인과 괴리는 아마도 이 소설이 지니는 핵심이자 문학적 성공의 비결인지도 모른다. 따라서 이 연극은 모든 계층이 함께 즐길 수 있는 이해력을 의식하면서 붓을 옮겼다.

극작가(극단 산하 대표) 차범석

마치 등대 없는 암흑 속 항해처럼 느껴지던 첫 공연이 성황리에 끝났다. 장장 3시간 45분 동안 숨죽이고 공연을 지켜 본 4500명 관객의 박수갈채가 쉴 새 없이 터져 나왔다. 곧이어 각종 매체와 유명 인사들의 축사가 쏟아졌다. 물론 모든 스태프들의 간을 졸이는 실수도 있었고 웃지 못할 비화도 있었다.

공연 클라이맥스인 애틀랜타 화재 장면에서 무대를 가로질러 달리던 마차의 바퀴가 백일섭 씨의 육중한 체중을 견디지 못하고 부러져 다음 장면의 술집 장치를 부수고 들어갔다. 마차에 타고 있던 유지인과 서승희 씨가 무대 바닥으로 떨어지는 순간, 스태프들은 두 눈을 질끈 감았다.

그런데 이게 무슨 일인가. 관객은 이 실감나는 장면에 감동되어 박수를 쳤다. 그야말로 전화위복이었다. 일이 잘 되려니까 실수도 훌륭한 연기로 받아들여졌다. 다행히 마차에 타고 있던 세 사람 모두 다친 곳 없이 무사했다. 원인은 말 속에 들어가 있던 앞다리(김갑수 분)가 모형 발 안에서 긴장하며 기다렸던 관계로 땀방울이 눈을 가려 전망 구멍을 잃어버리고 엉뚱한 방향으로 돌진했기 때문이었다. 웃어버리기에는 너무도 처절한(?) 속사정이 있었던 것이다.

그전 장면에서도 사고가 터졌다. 퇴장하던 미드 박사 부인 역의 김을동 씨가 조명 박스에 빠져 무릎에 상처를 입고 공연 중 병원에 실려갔다. 그녀는 여덟 바늘을 꿰매고도 다시 무대에 서는 열정을 보여줬는데, "바람과 함께 상처입니다"라는 놀림을 받기도 했다.

제작자 김의경 씨가 '실험적 모험'이라고 못 박은 이 공연은 500여 명에 가까운 스태프들의 각고의 노력과 확고한 신념 아래 수많은 난관과 시련을 거치며 11월 16일까지 줄기차게 달렸다.

1978년도 당시 제작비 6500만 원이라는 금액은 실로 엄청난 것이었다. 4000여 객석을 전 7회에 걸쳐 3만에 가까운 관객을 동원해야 하는 고충 또한 이루 헤아릴 수 없었다. 그야말로 극단 현대극장이 만들어낸 국내 공연 역사의 신기원이었다.

공연 이후에도 간혹 다른 곳에서 스태프들을 만나면 그리운 친정 식구라도 만난 듯이 반갑게 손을 잡고 지난 추억을 회상하곤 했다. 우리는 단지 하나의 공연을 완성하고 끝마친 게 아니라, 한국 연극의 역사와 우리 개인사에 길이길이 남을 추억을 만든 것이었다.

나는 이 연극을 계기로 지금껏 집에 보관하고 있던 옛날 넥타이, 헌옷 등을 몽땅 현대극장에 기증했다. 소규모 연극이나 뮤지컬에 활용할 수 있도록.

1980-〈바람과 함께 사라지다〉 2부 공연

〈바람과 함께 사라지다〉 2부 공연은 1년 반 뒤인 1980년 4월, 같은 장소인 세종문화회관 대강당에서 막을 올렸다. 나는 미조사에서 근무하다가 1979년 2월, 복련 총회에서 상근 부회장으로 선출되면서 근무지를 옮긴 상태였다.

이번에도 남성복 디자인 제작을 맡았는데 1부 공연에서 경험한 노하우와 출연자 한 사람 한 사람의 체격, 스타일, 개성 등을 파악한 뒤였기 때문에 한결 쉽게 진행할 수 있었다. 확실히 한번 큰일을 해보면 안목도 넓어지고 노하우도 쌓인다.

예를 들어 전에 재어두었던 기본 치수가 있었기 때문에 일부 몸이 변화된 배우들을 제외하고는 가봉을 위해 일일이 그 치수를 다시 잴 필요가 없었다. 또 기타 셔츠의 색상이나 스타일도 과거 공연 경험을 바탕으로 출연자 스스로 결정하고 지참해 활용할 수 있게 했다. 누구보다도 배우들 자신이 자기에게 맞는 복장을 잘 알았기 때문이다.

출연진은 유지인, 이순재, 백일섭, 임동진, 강부자, 서승희, 김을동, 백수련, 김길호, 기정수, 박인환 씨 등 43명이었다. 그리고 차범석 극본에 이진순 연출, 김의경 제작이었다.

이렇듯 함께 오랜 시간 공연을 준비하고 완성하다 보면 자연적으로 개인적인 친분도 쌓게 된다. 특히 임동진 씨나 기정수 씨와는 지금까지도 가끔 연락을 주고받는다.

어찌 보면 패션업계나 연극계나 어렵다는 점에서는 유사했다. 그럼에도 우리나라에서 최초로 뮤지컬을 시작하고 대형 무대로의 도전을 멈추지 않고 성공해 인정받았다는 점에서는 현대극장의 용기와 창조적 개척 정신에 찬사를 보낸다.

우리 복장계도 이제부터는 새로운 시장을 개척하고 집안 굿이 아닌 진짜 바이어를 위한 패션쇼를 개최해 입장료를 받고도 성황을 이룰 수 있는 이벤트를 마련했으면 좋겠다. 누군가를 위한 특별한 옷을 짓던 섬세한 실력과 경험을 바탕으로 하여 단체

유니폼이든 캐주얼웨어든 보다 넓은 영역으로 그 활동을 넓혀 갔으면 하는 간절한 바람을 가져본다. 양복장이 일을 천직으로 알고 한 길만 걸어오는 선배, 동료, 후배들의 늘어나는 한숨이 안타깝다. 그렇지 않아도 줄어드는 주문에 주름이 깊어지는데 특수복지의 등장으로 삯바느질 값 받는 것이나 마찬가지인 명맥만 겨우 유지하는 맞춤 양복을 사치, 고가 품종으로 분류해 소득세가 12%에서 20%로 상향 조정되었다고 한다. 이러다 맞춤 양복점이 모두 고사해버리는 게 아닌가, 우려된다.

1981-국내 최초의 뮤지컬 〈사운드 오브 뮤직〉

내가 생각하건대 연극이란, 아니 예술이란 우주의 보편성을 다시 확인하는 데서 오는 감동이다. 결국 인간과 인간세계에 대한 재발견이다. 그렇기 때문에 진정한 예술을 접하고서 자살한 자는 일찍이 없었던 것이다. 왜냐하면 예술 작품은 사람들에게 인생은 살 만한 것이라고 확신을 주는 까닭이다. 인생은 살 만한 가치가 있다고 관객과 함께 확인하는 연극, 그것이 현대극장이 추구하는 가치요, 목표라고 김의경 대표는 이야기했다. 그러면서 연극은 적극적으로 관객과 함께 살아야 한다고 했다. 연극은 사회 전 계층이 필요로 하는 것이어야 하고, 해를 거듭하면서 마침내는 전 세대를 포용하는 하나의 공감대를 지닌 관객을 형성하지 않으면 안 된다고.

연극 〈바람과 함께 사라지다〉에 이어 1년간 준비한 한국 초연의 뮤지컬 〈사운드 오브 뮤직〉을 다시 큰 무대에 올렸다. 물론 무대의상은 내가 맡았다. 그리고 또 한 번 4000석이 넘는 좌석에 빈자리 하나 찾아볼 수가 없을 정도로 대성공을 거두었다.

1981년 4월 23일부터 27일까지 낮 3시, 밤 7시에 공연된 뮤지컬 〈사운드 오브 뮤직〉은 KBS와 현대극장이 공동 주최했다. 스태프들은 아래와 같다.

연출 : 표재순   음악 : 김희조, 나영수, 김명협
안무 : 하정애, 이은숙   무대장치 : 최연호, 송관우
여자 의상 : 최경자   남자 의상 : 김광수
분장 : 박수명   조연출 : 이영주, 이종한, 배해일
무대감독 : 유경환   기획 : 이춘연
제작 : 김의경

아름답고 영롱한 빛보라 앞에

뮤지컬 〈웨스트 사이드 스토리〉가 적요(寂寥)한 여름 대낮에 핀 빨간 장미꽃 빛이라면 〈사운드 오브 뮤직〉은 티 없이 맑은 청남색 하늘 밑에 오므렸던 꽃봉오리가 아침 햇빛을 받으며 오롯이 열리는 자주빛 목련의 색채 같다고나 할까. 〈사운드 오브 뮤직〉은 단아한 인간적 정취와 맑은 서정이 음악과 함께 우리

의 가슴을 촉촉이 적셔준다고 하겠다. 여주인공 마리아를 에워싼 수녀들과 아이들을 비롯하여 등장인물들의 그 따듯한 인정은 향기를 피우며 우리의 심장을 파고 들어온다. (중략) 개나리와 진달래가 진 후 꽃들은 제각기 피려고 성화다. 꽃 계절을 맞이해 현대극장에서 시작한 뮤지컬을 뿌리내리게 하기 위한 밑거름의 역할로서 그 의의가 적지 않으리라 기대한다.

신정옥(명지대 교수)

출연 배우는 우리 모두가 잘 아는 윤복희 씨를 포함해서 정혜선, 김영자, 양재성, 유인촌, 김종구, 한우리, 김덕남, 문창길, 김갑수, 유현목, 심상태 씨 외 21명과 아역 배우 9명이 참가, 모두 50여명이었다.

여기서 남성복으로는 폰트라프 대령으로 분한 유인촌, 양재성 씨 두 사람의 군복, 예장 그리고 색다른 정장이었다. 롤프 그루버 역의 김덕남, 프란츠 집사 박한일, 첼러 문창길, 마르타 이지성, 김지태, 김갑수 씨 등에게 입히는 의상은 20여 벌 정도로 단출했다. 그 때문에 과거 공연처럼 바쁘고 복잡하지 않았다. 그동안 친숙하게 지낸 배우들과의 교감 덕에 여유를 갖고 준비할 수 있었다. 그리하여 배우들이 요구하는 사항도 차분하고 세심하게 반영하면서 착오 없이 준비할 수가 있었다. 치수 잰 것을 바탕으로 하여 가봉을 한 번만 한다든가, 바쁜 배우들은 본래 치수대로 만들기도 했다.

어쩔 수 없는 일이지만 현장에서 배우들과 일하다 보면 미안할 때도 많다. 왜냐하면 모든 작업이 주인공에게 집중되기 때문이다. 주인공 옷은 이렇게 저렇게 몇 벌씩 된다. 그러나 단역이거나 별로 눈에 띄는 배역이 아니면 옷 한 벌도 얻어 입지 못하는 경우가 허다하다. 그러다 보니 대하기가 민망할 때도 많았다. 세상이 그런 걸 어찌하랴. 빛이 있으면 당연히 그림자도 따르게 마련인 것이다. 나는 그네들에게 되도록 말 한마디라도 따뜻하게 전하며 격려해주기도 하고 사소한 일에도 관심을 갖고 도와주었다.

극단 현대극장의 한국 최초 대형 뮤지컬 〈사운드 오브 뮤직〉은 서울뿐 아니라 지방까지 총 84회의 공연을 기록하였다. 12월에는 〈에비타〉, 1983년엔 〈뿌리〉, 1984년엔 〈올리버〉 등 공연마다 나는 남자 의상 제작을 담당했다. 나는 그 일을 즐겼고 또 애착이 갔다.

그러다가 나의 신변에 큰 변화가 생겼다. 국가 대사인 86 아시안 게임과 88 서울올림픽 조직위의 유니폼 제작을 맡게 된 것이다. 그 때문에 무대의상 일을 그만둬야 했다. 사람마다 때에 걸맞은 일이 있게 마련이니까 어쩔 수 없는 아쉬움을 뒤로한 채 무대 일을 떠났다. 하지만 연극과 뮤지컬 무대의상을 도맡았던 시절의 추억만큼은 오래오래 내 마음의 풍금으로 울렸다. 예술이 주는 울림과 떨림은 인생을 관통하는 법인가 보다.

1980년대 후반부터의 이야기는 다음 기회로 미루어야 할 듯하다. 지금으로부터 멀지 않은 이 시절은 좀 더 숙성시킨 후 다시 꺼내보기로 한다.

옷의 기원은 언제일까. 털 없는 원숭이 인류가 문화라는 걸 깨달은 순간부터가 아닐까 싶다. 창세기에 의거해서 말하면 나뭇잎 한 장이 옷의 기원이다. 에덴동산에서 아담과 이브가 신체의 일부를 나뭇잎으로 가린 이래 옷의 역사는 끊임없이 진화해왔다. 기후나 환경, 신분에 따라 착용하는 옷이 달랐고 개성과 미적인 감성 등을 반영하면서 패션이라는 산업으로 발전해 왔다.

나는 대학에서 경제학을 전공했다. 은행원이나 회사원 노릇을 하다가 임원을 지냈으면 무난한 인생이었을 게다. 하지만 학창시절부터 패션업계에서 아르바이트를 했고 옷과 연관된 일을 하다가 우연한 기회에 양복업계에 뛰어들었다. 옷은 나의 숙명이다.

뒤돌아보면 복장업계에서 17년, 올림픽과 체육공단에서 공직
생활 19년, 세계효문화본부 활동 5년을 합하면 40여년의 세월이
흘렀다. 마디마디의 경험과 추억들 사이에 나름대로 귀한 자료들
이 많다. 본래 꼼꼼한 성격이어서 스크랩해 두고 기록하고 틈틈
이 후학을 위한 강의 노트를 만들어놓았다.

　그러던 어느 날, 조선일보 1면 사고(社告) 난에서 '조선일보
논픽션 대상' 응모 공고와 '당신의 이야기로 도전하라' 라는 문구
를 읽었다. 관련기사도 확인했다. 나는 한번 응모해 보고 싶은
충동에 잠을 설쳤다. 그동안 모아두었던 자료집을 다시 정리하기
시작했다. 스크랩된 사진과 기사 내용을 보면서 날자 확인이 필
요했다. 컴퓨터로 조선닷컴에 들어가 1967년 신문에 실린 내 사
진과 기사를 검색해 보았다. 뛰는 가슴을 억제하며 숨을 죽였다.
42년 전의 조선일보 5면을 보는 순간 나는 땅속에서 보물을 캐낸
기분이었다. '국제복장학원', '극동 TV', 영화 〈부활〉, 〈방랑의
무법자〉, 〈세기의 혈투〉, 〈로마의 휴일〉 등 당시 기억을 되살리
는 단어들이 쏟아져 나왔다.

　나는 용기를 얻어 테마별로 자료를 모으고 정리했다. 수첩이
나 업무 일지 등도 한곳으로 모았다. 주로 밤에 글을 썼다. 낮에
는 나를 잘 아는 친구들, 전에 업계에서 같이 있던 동료들을 만
났으며 밥도 먹고 차도 마시면서 지난날을 거론했다. 신나게 지
나간 이야기를 추억하는 친구도 있지만, 어떤 친구는 까마득하게
기억이 없다고 안타까워했다.

내가 꼼꼼히 정리한 자료는 '한국 남성 모델'에 관련된 논문의 밑거름이 되었다. 2008년 모델학회지에 실린 김동수 교수의 논문「한국 남성 모델 태동기」와 김지영의 석사논문「국내 남성 모델의 변천에 관한 연구」가 그것들이다. 앞으로도 후학들이 자료를 필요로 하면 성심성의껏 제공하고 도울 생각이다. 2009 〈조선일보 논픽션 대상〉 우수상을 수상하는 영광을 얻었다. 참으로 기쁘다. 한국패션업계의 선후배들이 축하와 격려를 아끼지 않았다. 그들에게 감사한다. 끝으로 원고를 꼼꼼히 읽고 검토해 준 두 후배, 밤참과 꿀차로 내조한 아내, 사랑하는 가족들께 고맙다는 말을 전한다.

1. 1967년 10월 29일 조선일보 관련 기사 전문

미국형에서 대륙형으로

• **아빠의 올겨울 옷맵시**

올겨울 남자 복장은 플레어한 미국형에서 타이트한 대륙형으로 옮아가고 있다. 10대나 20대 간에는 이미 콘티(콘티넨털-대륙형의 약자)가 대유행하고 있으나 올 들어서는 그 스타일이 30대 벽을 뚫고 치솟고 있으며 장년층에도 세미 콘티가 유행하고 있다.

종래 미국형의 신사복이란 어깨에 심을 넣어 넓고 모지게 했으며 허리나 가슴이 편편하니 넉넉한 것이 특징이다.

이에 비해 콘티는 어깨가 유선형으로 부드럽고 허리가 달라붙도록 좁아서 가슴 부분이 몸에 붙어 대체로 딱 들어맞는 스타일인 것이다.

바지는 전체로 홀쭉하고 단이 없는 것이 전형적인 콘티다.

하지만 올가을 한국에 상륙한 콘티는 전형적인 것이 아니고 미국형과의 혼합형이다. 나이가 젊을수록 콘티 원형에 더 가깝고 나이가 많을수록 혼합형에 보다 가깝다. 파리에서는 극도로 콘티화해서 체형이 들여다보이는 외투가 나오고 있지만 한국에서는 한국 사람의 체형 때문에 타이트한 콘티는 수명이 짧을 것이라고 복식계 인사들은 말하고 있다.

'인간공학' 적용하는 새 디자인
세미 콘티 대유행
장년층엔 반흑색에 혼합형

올 신사복 모드의 다른 특색은 투박하고 무거운 천을 회피하고 속을 반으로 줄여 가볍게 하는 경향이다. 겨울옷에 속을 반만 넣는 것을 요구하는 손님이 20~30%쯤 되며 겨울옷으로서 겨울천보다 추동천이 한결 웃돌고 있는 것이다.

빛깔은 아직도 검은색 톤에 머무르고 있지만 작년보다는 미디엄, 그레이 같은 밝은 다크가 유행하고 있다. 옷 빛깔이란 세계 어느 나라건 갈색 감색 쥐색 깜장색 쥐색 감색 갈색 식으로 거의 고정된 유행 순환을 하게 마련이며 우리나라도 이에 예외이진 않았다. 근년에 공작혁명(孔雀革命)이라는 이중색이 나돌고, 예년에 비해 올 시즌에는 이 공작색을 찾는 손님이 많다는 것도 특색이다.

겉보기에는 회색빛인데 빛이 비치거나 천이 뒤틀리면 녹색이
나는 그런 천. 이 공작천은 겉빛이 그레이, 속빛이 블루나 그린
을 가장 잘 찾는다.

옷 맞추는 테크닉에도 뜻있는 디자이너들은 인간공학이라는
새로운 수법을 도입해서 옷을 짓고 있다고도 한다.

이를테면 옷에 의해 가급적 신체가 구애를 받지 않기 위한 수
법이다. 이를테면 옷을 입고 팔을 180도 위로 올리면 옷소매가
대개 10~15cm 밑으로 끌어내려지거나 상의의 아랫깃이 그만큼
위로 올라가거나 한다. 이것은 이미 비운동적인 디자인이 된다.

주부나 아동복은 물론 신사복에 이르기까지 이 인간공학 적용
은 국내외 디자인계의 새물결이 되고 있는 것이다.

2. 『복장계』 창간호 축하의 말

정보화시대의 기수가 되기를

1986년 고종 황제에 의하여 발표된 문무관복제 개정령에 따
라 양복이 우리나라에 상륙한 지 80년! 수입에만 의존해오던 양
복은 1937년 방모공업의 존립을 효시로 국산 복지가 개발된 이
후 6·25 전쟁을 계기로 본격적인 소모방공업이 일어나 일상화
된 양복 수요를 국산으로 대체하였고 1960년대의 수출 산업의

확장과 더불어 복지는 수입 대체 산업의 영역을 벗어나 수출 대
종품으로 각광을 받게 되었으며 그 품질 또한 세계 수준에 올랐
다. 한편 제복 기술은 비교적 오랜 전통과 우수한 재질을 터전으
로 하여 국제무대에서도 단연 최고 수준에 이르러 우리 복장업
계의 밝은 내일을 약속하고 있다.

　이러한 좋은 여건하에 있으면서도 사소한 어려움을 극복하지
못해 이 정보 전문지가 나오게 되었음을 업계와 더불어 경하해
마지않는다.

　시작이 절반이라고 출범과 동시에 많은 어려움이 쌓여 있으
리라고 생각되나 이제 갓 탄생한 이 잡지를 어떻게 키우고 어떻
게 가꾸느냐에 문제가 있으리라고 본다. 이는 편집 발간에 직접
종사하는 관계 인사들뿐만 아니라 업계 전체의 책임도 크다고
본다. 겨우 출생한 이 잡지가 업계의 성원 없이 성장할 수 없을
진대 업계 토론의 광장으로서 때로는 정보의 첨단지로서 또는
업계 반성의 매개체로서 업계 전체의 공동 이익을 추구하는 기
관지로서 국가 사회 발전에도 관여할 수 있는 토대를 마련하며
남의 것이 아닌 우리의 멋을 창조하고 계발하는 초석이 되기를
기원한다.

　　　　　　　　　　국제양모사무국 한국사무소 소장 공석붕

한국 복장계의 경사

새로운 월간지 『복장계』 창간을 진심으로 축하합니다.

또한 귀국 복장계의 훌륭한 지도자들이 『복장계』지를 중심으로 정보화시대의 선봉이 되어 업계 발전에 많은 공헌이 있으시길 앙축하는 바입니다. 새로 탄생하는 『복장계』는 개인의 것이 아니라 한국 전업자의 것이 되어야 하므로 관련업자는 하나도 빠짐없이 애독자가 되어주셔야 하며 『복장계』는 관련 업계의 경영에 기여해야 될 줄 생각합니다. 그러므로 광고 등도 아낌없는 협찬을 하여 주시기 바랍니다. 이 신잡지가 건전하게 성장함은 한국 복장업계 금후 발전의 바로미터가 될 것입니다.

주지하시는 바와 같이 도서 출판이나 잡지 발행 사업이란 용이한 일이 아닙니다.

다행히도 발행인 김광수 씨는 한국 양복업계에 있어서 신념이 강직한 분으로서 소생이 존경하는 이성우 선생께서도 전적으로 신뢰하고 있으니만큼 어떠한 어려움에도 반드시 초지를 관철하실 것을 확신하는 바입니다.

끝으로 바다 건너에 있으나 본인도 월간지를 편집하는 한 사람으로서 진심으로 경축하는 바입니다.

일본 『양장』지 편집장 요코하마

기다렸던 우리들의 잡지

우리 업계에 잡지가 창간되게 된 것을 진심으로 기쁘게 생각합니다. 누구든 우리 계에도 일본의 『양장』지나 『남자전과』와 같은 정기간행물이 나와야겠다고 생각한 것은 비단 본인만의 생각은 아니었을 것입니다.

그런데 놀랍게도 이번에 김광수 씨와 같은 젊은 세대에서 그와 같은 용기를 가지고 일을 해냈다는 것은 정말로 쌍수를 들어 환영할 일입니다. 어쨌든 만시지탄은 있으나 누군가 해야 할 일을 이렇게 젊은 세대에서 해준 것에 대해서 참으로 경하해 마지않습니다.

앞으로 월간 『복장계』에서는 업계를 위해 좋은 기사를 많이 써주어 우리 업계의 품위 향상은 물론 교양 문제도 높여서 사회에서 존경을 받고 애독될 수 있는 책이 되기를 바랍니다. 선배들이 못한 일을 후배들이 하고 있음을 볼 때 선배로서 부끄러움을 금할 길이 없습니다. 우리나라에선 출판 사업을 하는 데 희생이 뒤따르기 마련입니다. 앞으로 난관은 많겠으나 잘 돌파해 나가기를 부탁드립니다.

본인도 힘이 자라는 한 이 잡지의 발전을 위해 지원을 아끼지 않겠습니다. 아무쪼록 끝까지 건투하여서 업계를 위해 공헌할 수 있는 좋은 결실이 맺어지기를 기대합니다.

대한복장상공조합연합회 회장 이용수

3. 1974년 제1회 한국 톱 디자이너 창작 발표회

〔참가 디자이너〕

남성복	서울-김상백, 이영우, 곽재상, 김기수, 서일화 / 부산-김석창, 고정표, 박현섭, 박영규 / 대전-이병용, 노재명 / 대구-이의준 / 안성-김영선 / 성남-이경구 / 포항-윤춘덕 / 전주-김용길, 이계택
여성복	이규태, 전우원, 최영석, 조용수, 배천범

〔출연 모델〕

남자	성인복 : 김현동, 김석기, 도신우, 이재현, 박 진, 공종렬, 김진철, 신성훈, 김진 아동복 : 김덕원, 김진우 외
여자	성인복 : 이계순, 남궁희, 루비나, 한원, 지성아, 민경례, 유선숙, 민혜정 아동복 : 이지혜 외 다수 찬조 출연

4. 1976년 1월 7일 신문 패션 관련 기사 전문

'튜브라인' 유행

• 76년도 여자 의상

76년도 여자 의상은 전체적으로 풍성하고 여성적인 느낌을 주는 옷이 인기를 끌 것 같다. 작년 구미에서 붐을 이뤘던 '스트레이트라인', 일명 '튜브라인'은 당분간 우리나라에서도 유행될 전망이라는 것이 패션디자이너의 중론.

한편 '빅 룩' 스타일이 서서히 물러나고, 외국에서는 중국풍의 차이니즈 룩이 크게 인기를 끌 듯. 그러나 우리나라는 인접국이라 커다란 호기심도 없고 중공에 대한 반감으로 유행될 전망은 극히 희박할 것으로 보인다. 스커트 기장은 롱이나 미디가 서서히 퇴조하고 사넬로 정착할 것이다.

스커트 긴 기장은 퇴조
두텁게 짠 니트류 인기

투피스는 상의 기장이 짧아지고 타이트스커트가 20년대풍으로 되돌아가는 경향이다.

색깔면에서는 주로 중간색의 배합을 많이 사용한 베이지, 흰색, 은회색, 어두운 녹색 등 차분한 색이 강조되고 있다. 바지가 서서히 물러가고 '코디네이션 룩'이라는 종합적인 입음새가 많이 연출될 것 같다. 옷감의 무늬에서도 대담한 무늬보다는 올챙이무늬나 잔잔하고 동화적인 또는 전원적이고 여성적인 무늬가 봄, 여름에 많이 입혀질 듯하다. 소재면에서 화학섬유는 퇴조해가고 화학섬유에서 개발되고 있는 모직과 같은 느낌을 주는 옷감이 많이 등장할 것이다.

이젠 저지 짜임의 복지에서 싫증을 느껴 복지짜임으로 다시 돌아가는 추세.

세부적인 변화로는 소매 자체가 옷으로부터 해방된 엔젤슬리브, 처진 어깨의 드롭 숄더 슬리브, 프렌치소매, 무달린 소매, 라구랑소매 등 풍성한 느낌을 주는 것이다. 여기에 따라 복지 자체가 가볍고 얄팍한 것들이며 과거의 딱딱한 옷에서 벗어나 심을 안 넣는다든가 안감을 안 넣는 스타일-전체적으로 여성다움을 많이 강조한 옷들이다.

니트류는 과거에 기계화한 니트보다는 손으로 짠 투박한 옷이 유행할 것이다. 실크나 코튼을 소재로 한 스카프, 네카치프가 방한용이 아닌 장식용으로 많이 다뤄질 것이며 핸드백도 매끈한 것보다는 캔버스나 와일드한 터치의 것이 인기를 끌 듯하다.

남성패션은 앞칼라가 과거처럼 넓지 않고 작아졌으며 허리도 너무 강조하지 않고 조끼를 하지 않는 것이 특징. 여기에 맞춰 넥타이도 점차 좁아지는 경향이다.

조끼를 할 경우 단색 양복은 체크무늬의 조끼를 한다든가 다른 질감의 니트류를 입어 이태리풍의 옷이 많이 연출될 것이다.

젊은 층에서는 더블브레스트가 서서히 등장하기 시작, 바지기장은 여전히 길고 통이 넓어 11~12인치까지 된다. 양복감도 역시 단색이나 줄무늬보다는 잔잔한 무늬를 넣는다든가 양탄자처럼 짠 옷감 즉 자가드 조직처럼 짠 것이 많다.

도움말 - 패션디자이너 허준

5. 1978년 11월 16일 연극 〈바람과 함께 사라지다〉 연출의 말

연출을 맡으면서

세종문화회관이라는 호화 무대에서 연인원 500여명을 동원하여 펼쳐보이게 될 이번 공연을 통해 한국 연극의 오늘을 가늠하고, 정리하여 연극 중흥의 신기원을 이룩할 수 있는 발판이 되었으면 하는 기대를 한다.

한국연극협회 이사장 이진순

KI 신서 2230
한국 남성 패션모델 1호

1판 1쇄 인쇄 2009년 12월 28일
1판 1쇄 발행 2009년 12월 31일

지은이 김광수   **펴낸이** 김영곤   **펴낸곳** (주)북이십일 21세기북스
출판콘텐츠사업본부장 정성진   **편집** 임후성
마케팅 · 영업 최창규, 김용환, 이경희, 노진희, 김보미, 허정민, 김현섭
출판등록 2000년 5월 6일 제10-1965호
주소 (우413-756)경기도 파주시 교하읍 문발리 파주출판단지 518-3
대표전화 031-955-2100   **팩스** 031-955-2151   **이메일** book21@book21.co.kr
홈페이지 www.book21.co.kr   **커뮤니티** cafe.naver.com/21cbook

값 13,500원
ISBN : 978-89-509-2180-4   03800